楹联荟萃

爱国楹联选辑

余元钱 编著

学习出版社

图书在版编目（CIP）数据

楹联荟萃 : 爱国楹联选辑 / 余元钱编著 . -- 北京 :
学习出版社，2025. 2. -- ISBN 978-7-5147-1311-4

Ⅰ . Ⅰ269

中国国家版本馆 CIP 数据核字第 202522XP91 号

楹联荟萃
YINGLIAN HUICUI
——爱国楹联选辑

余元钱　编著

责任编辑：苏嘉靖
技术编辑：刘　硕
装帧设计：和物文化

出版发行：学习出版社
　　　　　北京市崇外大街11号新成文化大厦B座11层（100062）
　　　　　010-66063020　010-66061634　010-66061646
网　　址：http://www.xuexiph.cn
经　　销：新华书店
印　　刷：北京联兴盛业印刷股份有限公司

开　　本：710毫米×1000毫米　1/16
印　　张：13.5
字　　数：135千字
版次印次：2025年2月第1版　2025年2月第1次印刷

书　　号：ISBN 978-7-5147-1311-4
定　　价：48.00元

如有印装错误请与本社联系调换，电话：010-66064915

　　楹联，也称为对联、联语，俗称对子。自西晋萌芽以来，至今有1700多年历史。其间作者辈出，联作浩繁，联书纷呈。据专家稽考，仅就明清迄今，见之记载的联书，就有800种以上。诸如《斋醮对联》（明·袁炜、夏鼎撰）、《唐诗联选》（明·王子承辑）、《楹联丛话》（清·梁章钜著）、《类联集锦》（清·张宗寿辑）、《分类楹联大全》（民国·李小川辑）、《新对联备要》（民国·江荫香编，周梦蝶校）等，不胜枚举。新中国成立后尤其是近20多年来，举凡《古今对联荟萃》（林芳胜等辑）、《历代楹联选注》（赵浩如选注）、《今古对联集锦》（唐意诚等编）、《中国古今对联大观》（钱剑夫主编）、《中国对联大辞典》（顾平旦、常江、曾保泉主编）等，更是层出不穷，难以胜数。大体说，这些联书多是综合性选本。围绕爱国思想的主题选编对联，是一种新的尝试。

　　爱国，就是对自己国家的忠诚和热爱，或说是忠于并挚爱自己的祖国，包括热爱祖国的河山、祖国的人民和社稷等。但由于在不同民族和不同的历史时期以及不同的阶级、阶层，对爱国的内容评判不一，所以，我们在编选中华爱国对联时，就要以唯物史观加以正确的界定。这个界定既是客观的，又是相对的，正如笔者在《中华爱国诗词选》序言中所说:"不能囫囵吞枣,全盘吸收;也不能因瑕弃玉,数典忘祖。"而必须历史地、辩证地、具体地去甄别、遴选。

本联选就内容来说,有反映抵御外侮反抗侵略的,有表现维护民族尊严与国土完整的,有歌颂祖国丽山秀水的,有褒扬人民勤劳勇敢的,有关心国祚国是的,有关怀民生民瘼的,有鞭挞官场贪腐的,有揭露社会积弊的,有对国家建言献策的,也有就个人寄情寓志的。就艺术特点而言,有的像诗,凝练而含蓄;有的像词,错落而有致;有的像赋,用典铺叙,工丽深邃;有的像民谣,活泼轻松,巧妙诙谐。就长短计,有属于短联的五言联、六言联、七言联、八言联、九言联、十言联,有属于长联字数在 100 字以上的,也有介于二者之间的多言联。本书所选以多言联为主。若按联类分,则有名胜类联、题赠类联、喜庆类联、哀挽类联、谐讽类联、文学类联、行业类联、集句类联等,各类联种,都有所选。当然,在内容上都围绕爱国的主题,所以与其他联选相比,虽选联形式相同,而取舍各异,阅者自会辨识。

本联选每篇内容结构以正文和注解为主。正文部分,包括联题、联作者和联文,大部分选自《中国对联大辞典》一书,也有取自笔者《奇联趣对集注》手抄本和友人提供的联作。注解部分,包括联作者、题撰对象、写作时间、成联背景的介绍和对联本身内容的解说、点评。介绍,力求准确、简明,突出与联事有关的内容。解说,包括解词、释典、串讲,在借鉴前人研究成果的基础上,力求精要、熨帖、畅达。点评,则依据笔者对联语的把握,或从技术层面加以点拨，或从艺术层面进行赏析，或从思想层面抉微探蕴，作深一层的评说。由于所选各副对联长短不一、内容深浅有别及艺术手法不同，所以说明文字篇幅也有差异。

尽管编者尽力而为，但无论在选联或解说上，都会有不妥和错误之处，恳请方家、读者指疵匡谬，则不胜感荷。本书的编写得到厦门市楹联学会副会长黄有端、联友林文聪、窗友郑开森提供参考书籍，特别是得到学习出版社领导和编辑的热情支持，谨一并致以诚挚的谢忱。

余元钱

2006 年 10 月于厦门文馨园

（2024 年 9 月再版时重新誊录）

目录

胜迹钟灵　增光麟史

徐　达　　　题瞻园 / 02

史可法　　　题白崖寨 / 04

顾复初　　　题杜甫草堂 / 06

朱　珪　　　题浙江学府大堂 / 08

王闿运　　　题杜甫草堂 / 10

邓石如　　　题碧山书屋 / 13

赵慎畛　　　自题官署 / 16

朱　琦　　　题志勤堂 / 18

麟　庆　　　题禹王台 / 20

洪秀全　　　题勤政殿 / 23

冯云山　　　题村塾 / 25

薛时雨　　　题长白书院 / 27

李秀成　　　题南京忠王府 / 30

刘坤一　　　题江西南昌滕王阁 / 32

刘铭传　　　题台湾狮球岭古隧道 / 34

吴　獬　　　题南岳庙戏台 / 36

黄遵宪　　　题人境庐 / 38

张　謇　　　题慕畴堂 / 40

郑仁圃　　　题天津天后宫 / 43

梁启超　　　题时务学堂 / 45

林思进　　　题四川新都三贤堂 / 47

董必武　　　题南湖革命纪念馆 / 50

祠庙龙蛇　石勒燕然

方孝孺　　　题关帝庙 / 54

王守仁　　　题杭州于忠肃祠 / 56

边华泉　　　题北京文天祥祠 / 59

李銮宣　　　题温州文信国公祠 / 61

倪元璐　　　题萧相国祠 / 63

张　岱　　　题杭州西湖钱王祠 / 66

陈宏谋　　　题史公祠 / 69

金安清　　　题杭州西湖钱王祠 / 71

秦　瀛　　　题长沙三闾大夫祠 / 73

郭嵩焘　　　题汨罗玉笥山屈子祠 / 75

李调元　　　题太白祠 / 78

陈治法　　　题汨罗屈子祠 / 80

洪亮吉　　　题王船山祠 / 82

左　辅　　　题包公祠 / 85

齐彦槐　　　题周处庙 / 87

左宗棠　　　题西宁风神庙 / 90

顾嘉蘅　　　题河南南阳武侯祠 / 92

赵　藩　　　题成都武侯祠 / 94

朱　采　　　题海口五公祠 / 96

杨听庐　　　题江苏淮阴韩信庙 / 99

杨　聪　　　题四川绵竹张浚祠 / 102

郭沫若　　　题辛弃疾纪念祠 / 105

丘逢甲　　　题台南郑成功祠 / 108

自题机杼　掬忠书诚

杨继盛　　　自题 / 112

任　环　　　自题 / 114

李　贽　　　自题 / 116

陈幼学　　　自题 / 118

蒲松龄　　　自题 / 120

钱　沣　　　自题 / 122

魏　源　　　自题 / 124

谭嗣同　　　自题 / 126

鲁　迅　　　自勉 / 128

冯玉祥　　　自题 / 131

李甲秾　　　自题 / 133

方志敏　　　自题 / 135

老　舍　　　自题 / 138

寿挽红白　颂德旌功

潘世恩　　　挽葛云飞 / 142

林则徐　　　挽关天培 / 144

梁章钜　　　赠林则徐 / 147

潘曾沂　　　贺陶澍五十寿 / 149

何绍基　　　挽张际亮 / 151

黄体芳　　　挽何金寿 / 153

吴恭亨　　　二寿李懋吾六十一初度 / 156

康有为　　　挽戊戌六君子 / 159

孙中山　　　挽黄兴 / 163

杨 度　　　挽梁启超 / 166

秋 瑾　　　挽母 / 168

李大钊　　　挽孙中山 / 171

毛泽东　　　挽续范亭 / 175

朱 德　　　挽马本斋 / 177

熊亨翰　　　自挽 / 179

黄克诚　　　挽韩国钧 / 181

杂缀巧构　褒荣笞奸

杨 溥　　　桃符 / 186

朱彝尊　　　施粥厂 / 188

黄道周　　　嘲洪承畴 / 190

阮 元　　　讽岳飞墓秦桧夫妇跪像 / 192

秦涧泉　　　题岳飞墓秦桧跪像 / 194

松江女史　　题岳飞墓 / 196

翁同龢　　　一八九八年春联 / 198

胜迹钟灵　增光麟史

题瞻园

徐 达

大江东去，浪淘尽千古英雄，问楼外青山，山外白云，何处是唐宫汉阙？

小苑春回，莺唤起一庭佳丽，看池边绿树，树边红雨，此间有舜日尧天。

◆ **注 释**

1. 徐达（1332—1385年）：字天德，安徽濠州（今凤阳）人。从朱元璋起兵，屡建战功。明王朝建立，受命为右丞相，封魏国公，居住南京市瞻园府邸。卒后追封中山王。

2. 瞻园：原系朱元璋称帝前所住吴王府，明建立后赠徐达为府邸花园，现今为太平天国革命历史博物馆。此联为徐达题瞻园的门联。

3. "大江"两句：借用北宋苏轼词《念奴娇·赤壁怀古》中"大江东去，浪淘尽，千古风流人物"句，喻无情流逝的时间洪流，不仅带走了千古岁月，也淘尽了千古英雄豪杰。

4. "问楼"句：借用南宋林升诗《题临安邸》中"山外青山楼外楼，西湖歌舞几时休"诗句。

5. 山外白云：取唐代崔颢诗《黄鹤楼》中"白云千载空悠悠"句意。

6. 小苑：古代帝王的花园，此处代指曾是吴王府的瞻园。

7. 红雨：指纷落的桃花，语出唐代李贺诗《将进酒》中"况是青春日将暮，桃花乱落如红雨"诗句。

解 析

上联纵论历史，感叹岁月流逝，帝业兴衰，物是人非。其意是说随着岁月流逝，千百年来物是人非，再也看不见汉唐宫阙了。

下联写景抒怀，表达对太平景象的期盼。冀望明朝建立后，出现如历史传说中上古尧舜（舜日尧天）时代的理想太平盛世。

此联构思精妙。上联，下"问"以怀古，有极强的历史沧桑感；下联，著"看"以誉今，有对现实太平景象的殷切期盼。言外之意是，警示世人以史为鉴，珍惜来之不易的太平盛世。

写法上，文辞秀美，用典贴切，深入浅出，雅俗共赏。

修辞上，运用拟人、顶真、比喻、代指、象征诸法，令人耳目一新。

题白崖寨

史可法

听涧底泉声，呼天地是歌是泣？
看庭前月色，问英雄还死还生？

◆ 注 释

1. 史可法（1602—1645 年）：字宪之，号道邻，河南祥符（今开封）人。明崇祯元年（1628 年）进士，官至兵部尚书兼东阁大学士。为抵御清军而镇守扬州，城破为清军所执，不屈而死。谥忠靖，清乾隆时追谥忠正。有《史忠正公集》。

2. 白崖寨：在安徽宿松县城东北，相传为元末吴士杰所建，易守难攻，史可法曾在此据寨歼敌，并在去西峰营内犒军时书写成此联。

❖ 解 析

　　上联以听泉声而感时事，大意是听见山涧下叮咚作响的泉声，问天地这是在歌颂奋勇杀敌的英雄事迹，还是在哭泣英雄流血牺牲之壮烈？

　　下联以看月色而颂英雄，大意是看着院子上空的月色，请问英雄是牺牲了，还是健在？

上下联的前半句都是写实、写景，后半句都是联想、引申、抒情，以景抒情，以情烘景，情景交融，表现了对抗清英雄的褒扬和追缅。

此联写法尚有一特别之处，即采用设问修辞法：是歌是泣？还死还生？十分准确地叙写了当时的抗清形势、身临处境及作者的种种感受。

史可法写此联时，南明王朝已处于崩溃边缘，他自感虽有报国之心，只恐已无力回天，故有如此之设问。艺术之精华，在于真实，可以说此联构思用字，极具分寸，堪为范式。

题杜甫草堂

顾复初

异代不同时，问如此江山，龙蜷虎卧几诗客；

先生亦流寓，有长留天地，月白风清一草堂。

◆ 注 释

　　顾复初（1813—1894 年）：字子远，号听雷居士，晚号潜叟，江苏元和（今苏州）人。拔贡生，官光禄寺署正。通词章，工书，间作山水画。有《乐静廉余斋文集》。此联题于四川成都市西郊浣花溪畔杜甫草堂。

解 析

　　上联以设问形式感叹自古至今有多少骚人墨客怀才不遇，难伸其志。

　　"异代""江山"，语出杜甫《咏怀古迹》五首其二："摇落深知宋玉悲，风流儒雅亦吾师。怅望千秋一洒泪，萧条异代不同时。江山故宅空文藻，云雨荒台岂梦思。"此诗是杜甫因见战国楚国爱国诗人屈原学生宋玉故宅的古迹而怀念宋玉，悲叹宋玉"风流儒雅"而又身世萧条，空有文藻（文学才华和华美的作品）。顾复初在联中点化杜诗此意，用以感叹古今几许诗客包括自己怀才不遇、有志难伸，用意甚深，手法蕴藉，令人回味无穷。"龙蜷"，龙应升于天，但蜷而不举；"虎卧"，虎应驰于野，但卧而不兴，以此进一步说明上述之意，令人唏嘘感叹而不能自已。

下联以答问形式，点睛结题，正面道出草堂不朽，誉其将长留天地，永垂人间。

"先生"，指杜甫；"流寓"，指迁徙异地，寄寓他乡。"亦流寓"之"亦"字，说明自古以来，流寓巴蜀的人不知有多少，但只有杜甫永远留在人们心中，他的草堂虽几经朝代兴替，而依然流传至今。

"长留天地"，语出杜甫《送孔巢父谢病归游江东兼呈李白》诗："巢父掉头不肯住，东将入海随烟雾。诗卷长留天地间，钓竿欲拂珊瑚树。"

"月白风清"，意谓月色皎洁，微风清凉，语出苏轼《后赤壁赋》："有客无酒，有酒无肴，月白风清，如此良夜何！"以此来说明于风清月朗之时，不知有多少人来缅怀凭吊，"诗圣"及草堂将永垂不朽。

此联句丽词清，文从字顺，深入浅出，新颖别致，不仅高度赞扬杜甫及其诗歌的杰出成就，也充分肯定了草堂在人们心中的地位，同时抒发了包括作者在内的骚人墨客久存心内的复杂情感。

题浙江学府大堂

朱珪

铁面无私，凡涉科场，亲戚年家皆谅我；
镜心普照，但凭文字，平奇浓淡不冤渠。

◆ **注 释**

1. 朱珪（1731—1807年）：字石君，号南厓，晚号盘陀老人，顺天大兴（今属北京）人。清乾隆十三年（1748年）进士，官至礼部尚书、体仁阁大学士，谥文正。有《知足斋集》。据清梁章钜等《楹联续话》（卷二）载：朱珪奉旨视学浙中时，因其祖籍为浙江绍兴，为避免家乡的亲友前来求情通关节，堵住科场后门，他先发制人，开门见山，特意在学府大堂的门上张贴这副对联。

2. 年家：科举制度中同榜登科者互称之辞。

3. 渠：他。

┌─ **解 析** ─┐

上联表示自己凡涉及科场事决不徇私情的公正态度。

下联提示我主持科场考试，心如明镜普照一样一视同仁，完全以考生文章优劣为标准，不会冤枉人。

此联开诚布公地向大众表明主考官的公正态度和选拔人才的标准，以杜绝徇私舞弊，这在封建时代确实难能可贵，与当时经常暴露科场贪污受贿、埋没人才的种种丑闻形成鲜明对比。正因为有清一代科场舞弊事件屡见不鲜，所以也总有不满之人用联语给予讽刺抨击。例如康熙年间一次科考，主考左某和副主考赵某贪污受贿将富商程某录为举人，随即有人把左、赵二人比作古代为《春秋》作传的左丘明（失明之人）和三国名将赵云（字子龙），写成对联讽刺他们既瞎眼又胆大妄为："左丘明有眼无珠；赵子龙一身是胆。"同时把考试院"贡院"二字以增减笔画改成"賣完"。再如雍正年间一次顺天府乡试，正副主考少司空（即工部侍郎）顾某和学士戴某因人情和受贿而取秀才许某为第一（中解元），有人写一副对联讽刺之："顾司空顾人情不顾脸面；戴学士戴关节未戴眼睛。"再如乾隆年间直隶学政吴省钦受贿，学子恨之入骨。一年乡试他又任主考，一贫寒秀才无钱行贿，自知无望，便把"吴省钦"三字作拆字法写成对联讽刺之："少目（省）焉能评文字；欠金（钦）安可望功名"，横批拆"吴"字为"口大欺天"。正鉴于科场积弊，故朱珪主考先发制人出此堂联，实是公正廉洁之举，即在今天仍有教育意义。

题杜甫草堂

王闿运

自许诗成风雨惊，将平生硬语愁吟，开得宋贤两派；
莫言地僻经过少，看今日寒泉配食，远同吴郡三高。

◆ **注　释**

1. 王闿运（1833—1916 年）：字壬秋，一字壬父，号湘绮，湖南湘潭人。清咸丰二年（1852 年）举人，清末授翰林检讨，加侍讲衔。辛亥革命后，任清史馆馆长，兼任参议院参政。编著有《湘军志》《八代诗选》等，门人辑其著作为《湘绮楼全书》。

2. 硬语：豪迈的语言。出自韩愈诗《荐士》："横空盘硬语，妥帖力排奡。"排奡（ào），矫健貌；这里指文章有力。

3. 愁吟：出自杜甫诗《对雪》："战哭多新鬼，愁吟独老翁。"

4. 宋贤两派：指北宋诗人黄庭坚所开创的江西诗派和南宋诗人陆游所创立的剑南诗派。黄庭坚、陆游都十分推崇杜甫的诗风。

5. 寒泉：凉水泉，常用作子女对母亲的孝敬之典故。《诗经·邶风》："爰有寒泉，在浚之下。有子七人，母氏劳苦。"意思是说寒泉在浚这地方夏天能给人甘凉之泉水，而我们七个儿子不能赡养好母亲，让其劳苦。

6. 配食：配祀、配享，祭祀时附带被祭。此指杜甫草堂内有宋代黄庭坚、陆游配享。

7. 吴郡三高：指江苏苏州的三高祠。祠中祀有三位志行高洁之士，即战国时越之范蠡、晋之张翰和唐代陆龟蒙。草堂内以黄庭坚、陆游配祀杜甫，亦是"三高"。

上联着眼于杜甫其人，称颂杜诗的艺术成就以及对后代的巨大影响。"风雨惊"，取意于杜甫《寄李十二白二十韵》："昔年有狂客，号尔谪仙人。笔落惊风雨，诗成泣鬼神。"诗寄赠李白，原意是赞誉李白的诗才。此联语采用反射法，借以称许杜甫的诗才。"硬语愁吟"，指杜甫雄奇劲拔之篇和沉郁忧时之作。

下联针对草堂其地，说明草堂所具有的非凡魅力与崇高地位。"莫言"，以反衬正，手法奇崛。"地僻经过少"，意思是杜甫自谓居住偏僻之地，客人来往很少。语出杜甫诗《宾至》："幽栖地僻经过少，老病人扶再拜难。"联语中用"寒泉"表示世人对杜甫的敬仰祭拜之意。下联意思是，不要说草堂位置偏僻，来往经过的人稀少，但看看现在来祭拜的人络绎不绝，就可以知道草堂内的"三高"完全能与远在吴郡的"三高"相媲美。

此联据说是1963年10月为老舍所补书，于是有人怀疑语词可能有误，并进而说"属（zhǔ）词未达雅驯，恐非湘绮老人所为"。"雅驯"，是温文不俗之义。其实，从现在见到的联语来看，还不能说"属词未达雅驯"。相反，此联用语或引用杜诗、韩诗，或采用《诗经》等，均有所本，贴切而典雅；从对仗上看，或相对（上下联对，如"自许"对"莫言"，"宋贤两派"对"吴郡三高"），或自对（上联或下联内对，如"风"对"雨"，"经"对"过"）均工稳而妥帖。"未达雅驯"之讥评，未免有些轻率。

题碧山书屋

邓石如

沧海日、赤城霞、峨嵋雪、巫峡云、洞庭月、彭蠡烟、潇湘雨、武夷峰、庐山瀑布，合宇宙奇观，绘吾斋壁；

少陵诗、摩诘画、左传文、马迁史、薛涛笺、右军帖、南华经、相如赋、屈子离骚，收古今绝艺，置我山窗。

◆ **注 释**

邓石如（1743—1805 年）：初名琰，字顽伯，别号完白山人、笈游道人，安徽怀宁人。篆刻家、书法家。精四体书，造诣甚深。有《完白山人篆刻偶存》。

解 析

此联气势恢宏，构思奇特，有如南朝文论家刘勰所说的"视通万里""思接千载"之神奇。

请看上联所荟萃之"宇宙奇观"：

"沧海"，泛指东海，曹操有"东临碣石，以观沧海……日月之行，若出其中"之诗。沧海日出为我国东海著名一景。"赤城"，山名，在浙江天台县西北。晋代孙绰《游天台山赋》有"赤城霞起而建标"之句。赤城山因土色皆赤，状似云霞，看上去好似红色的城墙，因而得名。"峨嵋"，亦山名，即今峨眉山，在四川西部，元代袁桷《百一歌》"峨嵋积雪不动尘，玉垒浮云古今守"，赞峨眉山常年积雪一尘不染。"巫峡"，长江三峡之一。唐代孟浩然诗"君不见巫山神女作行云，霏红沓翠晓氤氲"。"洞庭"，湖名，在湖南。李白《陪族叔……游洞庭》写下"洞庭湖西秋月辉"之诗句。"彭蠡"，古泽薮名，即今江西鄱阳湖，湖上烟波浩渺，明代陈之德诗："日月共吞吐，烟霞互流徙。""潇湘"，河名，在湖南湘江上游，"潇湘夜雨"为"潇湘八景"之一。"武夷"，在福建崇安县（今武夷山市）南，以"溪曲三三水，山环六六峰"而闻名。"庐山"，在江西九江市南，其瀑布名闻天下，李白用"飞流直下三千尺"来形容，千古传诵。

——上联横括九州名山胜水，以日、霞、雪、云、月、烟、雨、峰、瀑等"宇宙奇观"，来绘其斋壁，气魄何等恢宏博大！称其有"视通万里"之神，的确不虚。

再看下联所撷拾之"古今绝艺"：

"少陵"，即唐代杜甫，因居西安东南少陵，故自号"少陵野老"。其诗被历代称为"诗史"，其人被尊为"诗圣"。"摩诘"，唐代王维之字，其诗画皆工，人称为"诗中有画，画中有诗"。"左传"，为春秋编年体史书，传为春秋时代鲁国左丘明所撰，为历代历史著作和叙事散文树立了典范。"马迁"，即司马迁，西汉历史学家，其所著《史记》博极天地，囊括古今，被鲁迅誉为"史家之绝唱，无韵之《离骚》"。"薛涛"，唐女诗人，字洪度，长安人，幼时随父入蜀，后为乐伎。《蜀笺谱》云其曾居浣花溪畔，自制深红小彩笺写诗，时谓之薛涛笺。"右军"，即晋代书法家王羲之，曾任右军将军，后人尊其为"书圣"。"南华经"，即《庄子》，据《新唐书·艺文志》："天宝元年，诏《庄子》为《南华真经》。""相如"，即西汉辞赋家司马相如，为汉赋的代表性作者。"屈子"，屈原的尊称，战国时楚国大夫，受陷害被流放而作《离骚》，汉刘向尊为《离骚经》，对后世影响极大。

——下联纵贯千年名家佳作，以诗、画、文、史、笺、帖、经、赋、骚等"古今绝艺"，置于其山窗，胸襟多么高雅别致！说是有"思接千载"之奇，委实有充分的缘由。

总之，上联摄景，色彩纷呈；下联取文，绮章叠秀。上下联气脉连贯，一气呵成。景物典型，文事精粹，语言雅丽，含蕴深长，饱含着作者对祖国壮丽河山和灿烂文化的无限热爱。

自题官署

赵慎畛

为政不在多言，须息息从省身克己而出；
为官务持大体，思事事皆民生国计所关。

◆ **注　释**

1. 赵慎畛（1762—1826年）：字遵路，号笛楼，武陵（今湖南常德）人。清嘉庆元年（1796年）进士，官至云贵总督。有《从政录》等。此联乃题其所在官邸。

2. 不在多言：不在夸夸其谈，语出《史记·儒林列传》："为治者不在多言，顾力行何如耳。"意在看其实际行动如何而已。

3. 息息：一呼一吸，代指每时每刻。

4. 省（xǐng）身：检查、反省自己的思想行为，语出《论语·学而》："曾子曰：'吾日三省吾身：为人谋而不忠乎？与朋交而不信乎？传不习乎？'"

5. 克己：克制私欲，严格要求自己。《论语·颜渊》："子曰：'克己复礼为仁。一日克己复礼，天下归仁焉。'"

6. 大体：指重要的义理、有关大局的道理。即整个局面。《史记·平原君虞卿列传》："平原君，翩翩浊世之佳公子也，然未睹大体。"

7. 民生：人民的生计。如："民生议题向来都是施政的重点所在。"《左传·宣公十二年》："民生在勤，勤则不匮，不可谓骄。"

8. 国计：国家的经济、政策、计划、大政方针。《荀子·富国》："如是，则上下俱富，交无所藏之，是知国计之极也。"

解 析

上联讲为政之要在于省身克己，也就是不能以权谋私。其大意是，为政之道不在于夸夸其谈，而必须从时时刻刻不断反省自己、克制私欲这些方面出发。

下联讲当官之旨在于要事事思虑国计民生的大局，不能一事当前先为自己打算。

此联从为政和当官两方面提出必须遵循的原则，即时时要告诫自己须清廉从政，事事要关心人民和国家的利益。据载，赵慎畛言行如一，体恤民苦，清廉自惕，深得百姓赞誉。此联既是其品德和政见的生动体现，也是一切当官者必须铭记的箴言和秉持的行为准则。这些道理无论在当时还是在今天都有积极的意义。

题志勤堂

朱琦

士所尚在志，行远登高，万里鹏程关学问；
业必精于勤，博闻强识，三余蛾术惜光阴。

◆ **注　释**

1. 朱琦（jiàn）（1769—1850 年）：字玉存，号兰坡，安徽泾县人。清嘉庆七年（1802 年）进士，以母病乞归，历主钟山、紫阳书院。有《小万卷斋诗文集》。
2. 志勤堂：朱琦居室，题此联以自勉。

解　析

　　上联嵌"志"字，强调要立做大学问之志。"士所尚在志"，意谓读书人最重要的在于立志。"行远登高"，《礼记·中庸》："君子之道，辟如行远必自迩，辟如登高必自卑。"意思说，君子行事的原则，像走路一样，行远必从近处（迩）始，登高必从低处（卑）始。后以"行远登高"比喻为学由浅入深、逐步提高的过程。"关学问"，和学问直接相联系。上联大意是说，读书人应树立远大理想志向，而要实现远大的理想志向必须有学问，而做学问必须遵循行远登高的认知规律。

下联嵌"勤"字，强调学业要精，而学业精一定要勤奋。语出唐代韩愈《进学解》："业精于勤，荒于嬉。""博闻强识（zhì）"，"识"，记住，指见闻广博且记忆力强。语出《礼记·曲礼上》："博闻强识而让，敦善行而不怠，谓之君子。"意思是博闻强记又能谦让，积极践善行而不懈怠，乃是君子的品格。"三余"，即"冬者岁之余，夜者日之余，阴雨者时之余"，泛指利用一切空余时间读书学习。"蛾术"，蛾同蚁，语出《礼记·学记》："蛾子时术之。"汉郑玄注："蛾，蚍蜉也。蚍蜉之子，微虫耳，时术蚍蜉之所为，其功乃复成大垤。"术，同"述"，学习之意，意思是蚁虽小虫，但时时学习衔土之事，积渐而成为大垤（dié，土堆）。联语用此比喻做学问像蚁那样珍惜时间不停地学习，一定会有大成就。

此联紧扣"志勤堂"名，以"志""勤"二字构意，开门见山。志，是人的志向，是人的目的；勤，是人的行为，是手段。全联以典雅的形象阐述了志勤之间相互依存、相互促进、不可缺一的辩证关系，指出学习的门径。

题禹王台

麟 庆

洪水奠当年，幸怪锁洪湖，十万户饭美鱼香，如依夏屋；
清时思俭德，祝神来清浦，千百载咏勤沐泽，共乐春台。

◆ **注 释**

1. 麟庆（1791—1846年）：完颜氏，字伯余，号见亭。清嘉
   庆十四年（1809年）进士，官至江南河道总督、两江总督。
   有《凝香室集》《黄运河口古今图说》《河工器具图说》。
2. 禹王台：在江苏淮安清江浦。
3. 禹王：即夏禹，又称大禹、戎禹，姒姓，名文命，鲧之子。
   传说原为夏后氏部落首领，奉舜命治理洪水，在治水13年
   中，三过家门而不入，水患悉平。因治水有功，被舜选为继
   承人。舜死后继位为部落联盟领袖，建都于安邑（今山西运
   城），后东巡狩至会稽（今浙江绍兴）而卒。

〔 **解 析** 〕

上联歌颂夏禹治水有功，将水怪降伏，使亿万人民得以五谷丰
登，安居乐业。

"怪锁洪湖"，相传夏禹时代洪水横流，为患极烈，禹治水在

清江浦引淮河水时，擒获水怪巫去祁，锁于湖中，遂以通淮。

"夏屋"，可有二解。一指肴馔的大俎（餐具），《诗经·秦风·权舆》："于我乎！夏屋渠渠；今也每食无余。""夏"是大；"屋"是餐具；"渠渠"，是勤勤之意。意思是秦国的旧臣贤士对秦康公忘旧弃贤不满，作此诗说：对我呀，以前用大餐具盛饭菜招待，而今都不给吃饱了。二解"夏屋"就是大屋、大房子。《楚辞·大招》："夏屋广大，沙堂秀只。"联语中"夏屋"兼及大俎饱食和大屋安居之义；又"夏"是大禹所建立之朝代名，所以义及三关。上联的大意是说，想当年大禹治水，初奠山川，擒水怪锁水怪，使十万户淮阴当地人民都能够吃上美饭、尝到香鱼，犹如依傍"夏屋"，因而安居乐业。

下联缅怀大禹治水恩德，并祝愿大禹精神千秋百世与清江浦人民相依存，崇尚勤俭，沐浴恩泽，共享太平盛世之欢乐。

"清时"，清平之时。"俭德"，勤俭美德。《论语》中孔子有言赞大禹"菲饮食""卑宫室"，《尚书·虞书·大禹谟》有文称大禹"克勤于邦，克俭于家"。

"清浦"，清江浦，水名，本名沙河，在江苏清江（今淮安）北淮河与运河汇合处，旧为南北水陆交通要道。

"咏"，歌咏、歌颂，此联语中作崇尚解。"沐"，沐浴，指受恩惠。《史记·乐书》："沐浴膏泽而歌咏勤苦，非大德谁能如斯。"

"春台"，如春登台，喻太平盛世。《老子》二十章："众人熙熙，若享太牢，若春登台。"

此联在思想内容上热情缅怀、歌颂了大禹为民不辞劳苦治水的功绩和精神，且在艺术手法上也很有特点。

一是对仗工巧，如"夏屋"对"春台"，既明又隐，既浅又深，既典对，又字对，极尽渲染。

二是用语雅俗兼具，如"饭美鱼香"是俗，"咏勤沐泽"为雅，等等。

三是善用重字，如"洪水""洪湖""清时""清浦"，其中"洪""清"都是重字，但文从字顺，属对有方。

四是构意颇具匠心，上联着重缅怀大禹，下联着重祝愿清浦百姓，一古一今，甚得为联之法。

题勤政殿

洪秀全

虎贲三千，直扫幽燕之地；
龙飞九五，重开尧舜之天。

◆ **注　释**

1. 洪秀全（1814—1864 年）：原名仁坤，又名火秀，广东花县
   人。太平天国领袖，创建拜上帝会，1851 年举行金田起义，
   建太平天国，称天王。此联为太平天国建都南京后所题，悬
   于勤政殿。

2. 虎贲（bēn）：旧时勇士之通称，言如虎之奔走。《孟子·尽
   心下》："武王之伐殷也，革车三百两，虎贲三千人。"

3. 三千：约数，形容勇士之多。

4. 直扫：此二字落笔千钧，气吞万里，非英雄手笔，难出
   此语。

5. 幽燕（yān）：前为古十二州之一，后为古国名，这里指清
   王朝首都北京。

6. 九五：原为《易经》卦爻位名。九，阳爻；五，第五爻。《周
   易·乾》："九五，飞龙在天，利见大人。"孔颖达疏："言
   九五阳气盛至于天，故飞龙在天……犹若圣人有龙德，飞腾
   而居天位。"术数家解释"九五"是人君的象征，后因称帝

位为"九五之尊"（贤臣则称二八，公卿称三九）。

7. 尧舜：即唐尧和虞舜，古代传说中贤明之君。尧舜之天，喻太平盛世。

【解 析】

上联语雄气壮，表现了起义军英勇顽强的豪迈气概和誓死推翻清王朝统治的坚定决心。

下联袭用故实，联语典雅，其意则表现为起义军的美好理想，即重新开创一个无剥削、无压迫的太平盛世。

此联气势雄伟，笔调不俗，影响深广，充满战斗性和革命性，历来为人们所乐道。从联艺上看，用语典雅，对仗工整。

题村塾

冯云山

暂借荆山栖彩凤；
聊将紫水活蛟龙。

◆ 注 释

1. 冯云山（约 1815—1852 年）：又名乙龙，广东花县人。太平天国起义领袖之一。1843 年与洪秀全创立拜上帝会，后参与组织金田起义，任前导副军师；建立太平天国后，被封为南王。

2. 村塾：家学，旧时乡村私人设立的学堂。

〔 解 析 〕

此联撰书于 1847 年前后，当时洪秀全、冯云山等人决定以广西桂平紫荆山为基地，积蓄革命力量。冯云山仍以塾师为业，从事宣传组织活动。此联便是为了宣传发动、组织群众而作，张贴于冯云山所任教的村塾门上。

上联是说，要以荆山为革命根据地，积蓄革命力量。"彩凤"，指色彩艳丽的凤凰，传说中的神鸟。此以"彩凤"喻革命力量。

下联承上联之意，是说要凭借紫水之地利，进一步激发、活跃革命生力军，以实现起义目的和革命理想。"蛟龙"，传说中的一种神兽，相传蛟龙得水，即能兴云作雾、腾踔天空。成语"蛟龙得水"，即比喻有才能的人得到施展的机会。此以蛟龙喻革命将士。

此联虽为宣传革命而写，但不以标语口号出之，而是通过借代、比喻等修辞手法，以形象化代替概念化，以暗示性代替直露性，这既是艺术的要求，也是初期革命斗争形势所必需的。既起到组织群众、发动群众的作用，又使人们得到艺术熏陶。作者既是一位革命者，又是一位塾师，双重身份，在这副楹联中得到了完美的统一。

题长白书院

薛时雨

盛世本同文，合左云右玉封疆，息马投戈，沙漠浸成邹鲁俗；

将军不好武，萃黑水白山俊彦，敦诗说礼，边关长此诵弦声。

◆ **注　释**

1. 薛时雨（1818—1885 年）：字慰农、澍生，晚号桑根老人，安徽全椒人。清咸丰三年（1853 年）进士，官杭州知府，以招抚流亡、振兴文教为己任。罢官后主讲杭州崇文书院。浙人筑室西湖曰"薛庐"，以识不忘。工诗文，有《藤香馆诗删》《续删》《词删》及《札记》等书。

2. 长白书院：原址在归绥城（今内蒙古呼和浩特），绥远为旧省，清代置绥远（意为安定远方）将军于此而得名。1954 年撤销旧省，并入内蒙古自治区。

3. 同文：文字相同。《中庸》："今天下车同轨，书同文，行同伦。"喻天下一统。

4. 左云右玉：指邻接内蒙古的山西省左云县和右玉县两个县名，均在外长城内侧，为边塞的两个军事要地。

5. 封疆：疆土，疆界。《战国策·燕策三》："国之有封疆，犹家之有垣墙。"

6. 息马投戈：止息战马，投置干戈，指战事平息。语出《后汉书·樊宏传附族曾孙樊准传》："（光武帝）东西诛战，不遑启处（安居休息），然犹投戈讲艺，息马论道。"意思是说汉光武帝刘秀在东征西战之际，顾不上安居休息，但在战事间隙则放下武器、战马，而讲经论道，研究学问。

7. 浸：逐渐。

8. 邹鲁俗：孔子生于鲁，孟子生于邹，后世遂以"邹鲁"为文教兴盛之代称。邹鲁俗，即文教兴盛之世俗。《庄子·天下》："其在于《诗》《书》《礼》《乐》者，邹鲁之士、缙绅先生多能明之。"

9. 将军不好武：此指绥远将军建立长白书院，以兴文教。

10. 黑水白山：原指黑龙江和长白山，后泛指东北一带边地。内蒙古也有"黑水"之源。

11. 俊彦：指才智杰出之士。《尚书·太甲》："旁求俊彦，启迪后人。"此句指长白书院的建立，能聚集东北地区的杰出人才。

12. 敦诗说礼：指重视《诗》教，喜爱《礼》学。《左传·僖公二十七年》："说（yuè）《礼》、《乐》而敦《诗》、《书》。"孔颖达疏："说，谓爱乐之；敦，谓厚重之。"说，同"悦"。

13. 诵弦声：即读书声，依琴瑟而歌称弦，不依琴瑟而读称诵。此句是说，由于建立了书院，边关沙漠，从而常有读书之声。

解　析

　　上联颂"息马投戈"，偃武修文，做到盛世同文，沙漠之地渐成诗礼文化之乡。

　　下联称由于"将军不好武"、崇尚"敦诗说礼"，故可使边远地区也能长久地听到读书之声，出现文明昌盛的景象。

　　此联通过对塞外长白书院的赞颂，深切表达了对积极发展文化教育，促进各民族团结，使边疆人民过上和平安宁生活的美好愿望。叙写当下，而立意高远。

题南京忠王府

李秀成

马上得之，马上治之，造亿万年太平有道于弓刀锋镝之间，斯诚健者；

东面而征，西面而征，救廿一省无罪顺民于水火倒悬之会，是曰仁人。

◆ **注 释**

1. 李秀成（1823—1864年）：原名以文，广西藤县人。咸丰元年（1851年）参加太平军，为太平天国主要将领之一。骁勇善战，屡立战功，功勋卓著，封为忠王。天京（今南京）陷落，突围失散被俘，旋被杀害。

2. 马上得之：指以武力夺取天下；马上治之：指在马不停蹄的征战中治理天下。语出《汉书·陆贾传》："马上得之，宁可以马上治之？"此联因在太平天国革命征战中所写，故与《汉书》"宁可以马上治之"观点不同。

3. 太平有道：指太平清明之世。但有联书把"有道"记为"天国"，那么则由泛指变为专指了，似不如泛指更符合原意。

4. 健者：英雄人物。

5. 廿一省：清末时全国行政区划为21省。

6. 倒悬：头向下脚向上被倒挂，喻处境极困苦危急。语出《孟

子·公孙丑上》："当今之时，万乘之国行仁政，民之悦之，
犹解倒悬也。"

7. 会：时机，机会。

解　析

　　此联系作者封忠王后自题于忠王府。但也曾有人认为此联为天
王洪秀全所撰，题于其所居的天王府寝殿。据学者吴恭亨（1857—
1937 年）所著《对联话》说，此系李秀成所作。另据清末胡寄尘
所编《清季野史》说，可能因为李秀成被俘降清，后人便将此联移
为洪秀全作。至于李秀成被害前写了自述，而后来传世的自述稿是
否经曾国藩篡改，能否据此自述稿判定李秀成变节，史学界仍有
争议。

　　上联就得治天下而言，说明只有用武力缔造太平有道之世，才
是真正的英雄。

　　下联就拯救黎民而论，称颂以不断征战救民于水火者，才算是
有仁心之人。

　　此联揭示了夺取天下和治理天下的革命道理，反映了建设新政
权的理想，体现了对广大黎民百姓的深切关怀，因而真切地表达了
推翻腐朽清王朝的雄心壮志。

　　联语雄浑豪迈，气势恢宏，英雄之气，充溢于字里行间。

　　在写法上采用自对与互对相结合的方法。上下联前两句各为自
对，后两句为上下联互对。尤令人关注的是，上下联各出现一句达
15 字的长句，而又能做到文从字顺，甚为难得。

胜迹钟灵　增光麟史

题江西南昌滕王阁

刘坤一

兴废总关情，看落霞孤鹜，秋水长天，幸此地湖山无恙；
古今才一瞬，问江上才人，阁中帝子，比当年风景如何？

◆ **注 释**

1. 刘坤一（1830—1902年）：字岘庄，湖南新宁人。官至两江
   总督兼南洋通商大臣，洋务派代表之一。谥忠诚。有《刘坤
   一遗集》。

2. 滕王阁：在江西南昌市沿江路赣江边，为唐显庆四年（659
   年）唐太宗李世民之弟滕王李元婴都督洪州（今南昌）时营
   建，阁以其封号命名。唐上元二年（675年）九月九日，洪
   州继任都督阎伯重修滕王阁，建成后，大宴宾客。青年诗人
   王勃去南方省亲路过南昌，恰逢阎都督宴客，即同与席。席
   间作《滕王阁序》，一挥而就，语惊四座。从此滕王阁声名
   大振，阁与序文，一同传诵千古。序，是中国古代文体之
   一，分为一部书或一篇诗文前的序文、赠序、序记等几种；
   《滕王阁序》属序记体，以记宴饮盛会。

3. 兴废：原指盛衰。《汉书·匡衡传》："自三世以来，三代兴
   废，未有不由此者也。"联语指修建与毁圮（pǐ）。滕王阁
   自建成后，屡毁屡修，计28次。

4. "看落霞"两句：出自王勃《滕王阁序》中"落霞与孤鹜齐飞，秋水共长天一色"名句。

5. 无恙：无病。此指联语作者所看到滕王阁完好无损。

6. 江上才人：此指王勃。王勃（650—676年），字子安，绛州龙门（今山西稷山）人，14岁应举及第，与杨炯、卢照邻、骆宾王齐名，号称"初唐四杰"。唐上元三年（676年）他渡海省亲，溺水而亡，年仅26岁。因他在位于赣江边的滕王阁写了一篇《滕王阁序》，故联语称其为"江上才人"。

7. 阁中帝子：即指当年建阁的唐太宗李世民之弟滕王李元婴。语出王勃《滕王阁序》末"阁中帝子今何在？槛外长江空自流"之诗句。

解 析

上联以景抒情。以"看"以"幸"，而抒兴废之关情。

下联以情烘景。凭借一"问"一"比"，而显岁月流逝之快，风景今已胜古。

此联点化诗文，贴切自然。以"看"起兴，以"问"作结，意蕴深长，情关兴废，意涉古今，充满着对祖国多娇江山和历史文化的热爱与赞叹，读之令人荡气回肠。

题台湾狮球岭古隧道

刘铭传

十五年生面独开，羽毂飙轮，从此康庄通海屿；
三百丈岩腰新辟，天梯石栈，居然人力胜天工。

◆ 注　释

1. 刘铭传（1836—1896年）：字省三，号大潜山人，安徽合肥
人。清末淮军将领，曾参与镇压太平军。光绪十年（1884
年）督办台湾军务，抗击法国侵略军。次年台湾设省，为首
任台湾巡抚，积极加强防务，整顿吏治，开办铁路、煤矿，
创办新式学堂，多有建树。谥壮肃。有《大潜山房诗稿》。

2. 狮球岭古隧道：在台湾基隆，是清末光绪年间修筑台北至基
隆铁路时开凿的。光绪十五年（1889年）全线通车，实现
了台湾人民多年的愿望。在举行隆重通车庆典时，作者特撰
此联以贺。

3. 十五年：指铁路通车的光绪十五年（1889年）。

4. 生面独开：犹"别开生面"，指新景象、新局面。

5. 羽毂（gǔ）飙轮：喻火车疾驶，车轮如羽毛般飞转，似疾
风般飞奔。

6. 康庄：指宽阔平坦的道路。

7. 三百丈：喻狮球岭之高。

8. 岩腰新辟：说在悬岩腰上开辟出道路，喻开辟地之险。

9. 天梯石栈：语出李白诗《蜀道难》："地崩山摧壮士死，然后天梯石栈相钩连。"此指开凿时艰险场面，悬空作业犹如登天梯架栈道一样。

上联写台湾人民对铁路通车的惊喜之情。其意是说，在光绪十五年，台湾生面独开，人们盼望已久的铁路通车了，看那羽毂飙轮辘辘飞转时，令人惊心动魄。从此以后，康庄大道便直通海屿，令人欣喜若狂。

下联写狮球岭古隧道的奇险、开凿的艰辛以及开通后的由衷高兴，说明这一成果来之不易。就是说：工人们抡锤扬镐，把三百丈高的山岩拦腰劈开，又架起天梯石栈，终于开通了隧道，实现了人力胜天工，真是了不起。

此联立意犹如联语所说，也是"生面独开"，直接、热情地赞颂劳动人民征服自然的壮举，在古人的名胜联中似尚未见。

联句用语，既有典雅之言，又有直白之语，雅俗共赏，手法新颖。

下联有两"天"字重，而上联相应地方则无对应的重字，似犯"重字无对"之忌。但"天梯"之"天"，指上天；"天工"之"天"指自然力，字同而义异，应该不算瑕疵。

题南岳庙戏台

吴獬

乱世需才，何不教南霁云、雷万春几位将官，救末劫投胎下界；

逢场作戏，切莫演尹子奇、令狐潮一班反贼，使吾神怒发冲冠。

◇ **注 释**

1. 吴獬（1841—1918 年）：字凤生，湖南临湘人。光绪十五年（1889 年）进士，选江西知县，以不乐仕途，乃改教职，主讲岳麓、衡山书院多年。善诗文，有《不易心堂诗文集》。

2. 南岳庙戏台：南岳庙祀唐代平定安史之乱牺牲的将领南霁云、雷万春等。作者借此楹联以抒怀寄志。

3. 南霁云（？—757 年）：顿丘（今河南清丰西）人，安史之乱时，从张巡守睢阳，城陷，与张巡一起被安禄山部将所杀。

4. 雷万春（701—757 年）：唐张巡之偏将，安禄山部将令狐潮围困雍丘，万春立城上，连中六箭犹不动，后佐张巡守睢阳，城陷不屈而死。

5. 末劫：佛教语，谓末法之劫，此借指黑暗的世道。

6. 投胎：迷信谓人死后，灵魂投入他胎，转生世间。

7. 下界：指人间，对天上而言。

8. 逢场作戏：本谓江湖艺人于所止处择空场，用随带道具，当众演戏，后谓随事应景而为之。此指搭台演戏。

9. 尹子奇：安禄山部将，南霁云、雷万春即被他所杀。

10. 令狐潮：安禄山部将，带叛军围城数月，造成百姓死伤无数。

11. 吾神：此指南霁云、雷万春之神灵。

解　析

上联谓在南岳庙演戏，要让庙中所祀的几位忠臣勇将显灵投胎，以补乱世缺才之需。作者所处年代，正逢鸦片战争之后，内忧外患交加，故曰"乱世"。

下联告诫在此场地演戏，一定不要演杀害南、雷将军的叛贼，以免激怒神明。

此戏联不就演戏本身着笔，而是依据南岳庙戏台特定场景，借民间传说以抒情寄志，匠心独运，别出心裁。联中对忠贞奸邪爱憎分明，并借古以喻今，寓意深远，颇具醒世警人的作用。

题人境庐

黄遵宪

有三分水四分竹，添七分明月；
从五步楼十步阁，望百步长江。

◆ 注 释

1. 黄遵宪（1848—1905 年）：字公度，别号人境庐主人，广东嘉应州（今梅州）人。光绪二年（1876 年）举人。历任驻日、英参赞及美旧金山、新加坡总领事。驻日时，曾向日本介绍中国文化，研究日本文化，着手编撰《日本国志》；驻美时，曾尽力保护华侨和华工的正当权益。1894 年回国，任江宁洋务局总办。1895 年，中日《马关条约》签订后，他深忧国家被瓜分的命运，关切反抗日本侵略的台湾同胞，指出台湾自古就是中国的领土，并参加上海强学会。1897 年后任湖南长宝盐法道、署按察使，后又任《湘学报》督办，协助湖南巡抚陈宝箴推行新政。戊戌政变时，因参与维新变法而被清廷革职并允回乡闲居，仍念念不忘国家民族的危亡。主张文学革命，提出"我手写我口"，一生诗作甚多，作品反映了近代中国的许多重大事件，表现出强烈的民族主义和爱国主义精神。有《日本国志》《人境庐诗草》等。

2. 人境庐：建于 1884 年，在广东梅州东杨桃墩，乃其别墅。

庐内有十步阁、七字走廊、无壁楼等建筑。庐名取意于晋陶渊明诗《饮酒》："结庐在人境，而无车马喧。问君何能尔？心远地自偏。"用以自况。

解　析

上联侧重写庐内景色：流水潺潺，竹影婆娑，明月朗朗，恬静淡雅，幽美清丽，宛如一幅气韵生动的画卷。

三分、四分、七分，乃点染之法，诗人词客联家常用之。如唐徐凝诗《忆扬州》："天下三分明月夜，二分无赖是扬州"，又宋叶清臣词《贺圣朝·留别》："三分春色二分愁，更一分风雨"，又清蒋士铨《题史可法墓祠》联："一寸河山双血泪，二分明月万梅花"，等等。联句作者如此层层点染，渐渐涂抹，把自己融入疏朗有致的景色之中，表现其清新淡远的自然情趣，抒发其坦荡悠远襟怀，自有弦外之音。

下联侧重写庐内格局，将此间所建五步楼、十步阁纳入联中，既符合联句对偶需要，又从实景着笔写来。

"长江"，此指流经梅州之梅江，以"百步"言之，一谓其长，二与前"五步""十步"相连，有层层递进、步步登高之意。这就表明，作者不仅是人境庐主人，而且依然关心庐外之风云变幻，寄寓其忧国忧民的政治情怀。

此联的一大特色是深而入、浅而出。似是写景，却寄志其中；文字浅白，却诗意盎然。

题慕畴堂

张　謇

庄周以至人自居，乃谓游逍遥之墟，食苟简之田，立不贷之圃；

韩愈为天下所笑，犹将求国家之事，耕宽闲之野，钓寂寞之滨。

◆　注　释

1. 张謇（1853—1926年）：字季直，号啬庵，江苏南通人。清光绪二十年（1894年）状元。近代中国著名实业家、教育家，对我国纺织业、造船业、教育业的发展作过有益的贡献。有《张季子九录》《张謇日记》《张謇全集》。

2. 此联题其所办通海垦牧公司内的慕畴堂。张謇于1900年兴办通海垦牧公司，他敬慕三国时魏人田畴，故将公司厅堂命名为慕畴堂。田畴，右北平无终（今河北玉田）人，字子泰。汉末兵起，董卓作乱，他率宗族附从避居徐无山中，百姓归之，几年间至5000余家。曹操北征乌桓，田畴为向导有功，封亭侯，但他不接受。田畴不肯居官而以种田为生的品格，为张謇所仰慕，故有慕畴堂之设、慕畴堂之联。

解 析

上联点化《庄子·天运》之文，以至人庄周自况，抒发其不居官而甘淡泊之情。

庄子，名周（约公元前369—前286年），战国时宋人，哲学家，他主张清静无为，独尊老子而摒斥儒墨，著有《庄子》一书，又称《南华经》。"至人"，谓道德修养境界最高的人。《庄子·逍遥游》曰："至人无己，神人无功，圣人无名。"庄子在《逍遥游》一篇中，论述天地之间，万物贵任性自然，即为逍遥至乐。《庄子·天运》曰："古之至人，假道于仁，托宿于义，以游逍遥之虚，食于苟简之田，立于不贷之圃。逍遥，无为也；苟简，易养也；不贷，无出也。""墟"，同"虚"，本指故城、废址，此作为虚无缥缈境地讲。"苟简之田"，指浅耕粗作之田。"贷"，此指输出；"不贷之圃"，即耕圃以自给自足，不出让产品。

下联则承袭韩愈《答崔立之书》之语，以天下人所敬仰的韩愈为楷模，入世而不避世、出世，关心国事，兴办实业，表达作者为国效力的襟怀。

韩愈（768—824年），字退之，唐河南河阳（今孟州南）人，唐代文学家、政治家。25岁中进士，曾任监察御史、京兆尹及兵部、吏部侍郎。他推崇儒学（儒主张入世），力排佛老（佛主张出世，老子主张避世）。韩愈《答崔立之书》曰："犹将耕于宽闲之野，钓于寂寞之滨，求国家之遗事，考贤人哲士之终始。"韩愈这封书信是在他三次考进士未中而被人悯笑的情况下，受崔立之来信勉励后，给崔的答谢信。韩在答谢信中表示，经过多种努力，即使仍不得中，我将躬耕于空旷的田野、垂钓于寂静的江滨以谋生，我

胜迹钟灵　增光麟史

也将关心国家之事，研究古圣贤哲人的著作以寄志。联语中"笑"，指欢笑，引申为羡慕，若释为讥笑，则指不被人所理解。二者均可通。作者正是以韩愈为楷模，不顾人笑，而不居官，却去努力兴办种种实业，为复兴国家而效力。

此联以他山之石，攻自家之玉。大量引用庄子、韩愈之语，以寓己之情，明己之志，别具一格。乍看似闲文，实乃寓意甚深，其爱国精神、实干作风、创业勇气，于联语中皆可见一斑。

题天津天后宫

郑仁圃

补天娲神，行地母神，大哉乾，至哉坤，千古两般神女；
治水禹圣，济川后圣，河之清，海之晏，九州一样圣功。

◆ 注 释

1. 郑仁圃（生卒年未详）：嘉庆二十年（1819年）进士，曾任九江知府。

2. 天后：传说中保佑航海安全的女神，亦尊称为天妃，民间称为妈祖。据史书记载，妈祖姓林，名默，人称默娘，福建省莆田县湄洲岛人，出生于宋建隆元年（960年）三月二十三日，殁于宋雍熙四年（987年）九月初九，年仅27岁。她生前做过很多善事，尤其是挂席泛槎往返于大海洪波之间，救助过不少渔民和商船；死后仍显灵于海上救死扶伤，被人们尊为海神，被历代朝廷敕封为"天妃""天后""天上圣母"等尊号，设庙立祀。据考证，建"天后宫""妈祖庙"，遍于世界五大洲26个国家和地区，计有1000余座，而我国沿海地区和东南亚国家尤多。此联题于天津天后宫。

3. 治水禹圣：即远古时代为民治水的大禹，因治水之功而成为继承舜的帝王。

4. 济川后圣：即指渡海救人的天后。

5.河清海晏：原谓黄河变清，海不扬波，比喻太平盛世。

【解　析】

　　上联依照传说，尊奉妈祖（天后）与造人和炼石补天的女娲一样，一位是至高的女天神，一位是至高的女地神。如此把妈祖与女娲相媲美，突出颂扬了妈祖之神的形象。

　　下联根据史实，颂扬妈祖与大禹一样，具有能使河清海晏之圣功。因有大禹治水和天后保佑航海，使百姓免遭水患，使航海人得以安全，所以两位在中国具有同样的圣功。

　　此联用典精当，用语精粹，言不艰深，却意蕴丰厚。

　　写作上采用复字手法，上联连用三个"神"，下联连用三个"圣"，做到复字一一对应，有天衣无缝之功。

题时务学堂

梁启超

胸怀子美千间厦；
气压元龙百尺楼。

◆　**注　释**

　　时务学堂：清光绪二十三年（1897 年），梁启超受聘出任由维新派创办的湖南长沙时务学堂中文总教席，为变法维新培养人才。此联即为时务学堂诸生所题。

解　析

　　上联以杜甫关心人民疾苦为范例，教育并期望时务学堂诸生要有忧国忧民胸怀，树立变革意识，而去积极奋争。

　　"子美"，唐代"诗圣"杜甫，字子美。杜甫一生忧国忧民，在《茅屋为秋风所破歌》末尾疾呼："安得广厦千万间，大庇天下寒士俱欢颜，风雨不动安如山。"梁氏撰此联时正是国家内忧外患交织的时候，所以特别劝诫诸生要"胸怀子美千间厦"。

　　下联激励诸生要有"气压元龙"的非凡抱负和胸襟，忧国忘家，救世救民。

　　"元龙"，三国时陈登，字元龙。因助曹操灭吕布有功，封伏波将军。据《三国志·魏书·陈登传》载："许汜与刘备共在荆州牧刘表坐，表与备共论天下人。汜曰：'陈元龙湖海之士，豪气不除。'……备问汜：'君言豪，宁有事耶?'汜曰：'昔遭乱过下邳，见元龙。元龙无客主之意，久不相与语，自上大床卧，使客卧下床。'备曰：'君（指许汜）有国士之名。今天下大乱，帝主失所，望君忧国忘家，有救世之意，而君求田问舍，言无可采。是元龙所讳也，何缘与当君语? 如小人（刘备自称），欲卧百尺楼上，卧君于地，何但上下床之间耶?'"此段史书记载刘备对许汜的谈话，意思说，你许汜在天下大乱之际，不忧国忧民，只知谋置家产，胸无大志，当然遭到陈元龙看不起。比如我，还要卧百尺楼上，让你卧地上，这比他待你上下床的差距更大呢! 联中用百尺楼比喻，鄙视更盛，故云"气压"，蕴含忧国忧民之气盛。

此联凡十四字，属短联，然所运用两个典故，意蕴极其广深，十分确切地表达了作者匡时救世的抱负与胸怀。

题四川新都三贤堂

林思进

举目看风月湖山，有千年老柏，一片荷花，万顷繁田。招隐话前游，抚曲榭欹台，又换沧桑几度；

屈指数宋唐人物，是名相赞皇，荆舒旧德，龙图邦彦。幽情发古思，并乡闻宦辙，不同吴郡三高。

◆ **注　释**

1. 林思进（1874—1953 年）：字山腴，别署清寂翁，四川华阳人，学者、书法家。清光绪朝举人，官内阁中书。民国时期在蜀中各中学和高校任教，曾任成都大学、四川大学等校教授。中华人民共和国成立后，出任四川文史馆副馆长，当选川西人大代表。有《中国文学概要》《清寂堂诗文词录》《清寂堂联语》等。

2. 新都三贤堂：在成都市新都区，内祀唐代四川节度史李德裕、北宋右谏议大夫梅挚、南宋史馆修撰句涛。

解　析

上联写三贤堂周围湖山景致的变化，发出岁月不居、物是人非的感叹。

"繁田"，农作物生长繁茂之田，即肥腴之地。

"招隐"，招人归隐，此指招人游览。

"曲榭"，歪曲之轩榭。"欹（qī）台"，倾斜之亭台。"沧桑几度"，意谓不知道过了多少岁月，轩榭亭台都已歪斜不堪，与前游相比，真有沧海桑田之感。

下联写三贤堂所祀三贤的业绩功德，赞颂他们比吴郡"三高"更值得后人纪念。

"名相赞皇"，此颂李德裕之功。李德裕（787—850年），字文饶，赵郡（今河北赵县）人。唐武宗时，自淮南节度使入相，力主削弱藩镇以加强中央皇权力量，即赞皇。执政6年，进太尉、封卫国公。

"荆舒旧德"，此赞句涛之德。"荆舒"，即古代荆州和舒州，均属楚地。句涛，四川新都（今属成都市）人，南宋崇宁进士，累官史馆修撰。曾上书弹劾奸相秦桧，并建议驻荆襄淮楚之兵屯田以作自身粮饷供给等事，这些成为他的"荆舒旧德"。

"龙图邦彦"，此褒梅挚之贤。梅挚是成都新繁人，北宋庆历年间任侍御史。为官清正廉洁，曾针对某些皇亲国戚无功升官而上疏建言不可任人唯亲，像是宋龙图阁直学士包拯那样的邦国俊杰一样。

"幽情发古思"，即发思古之幽情。

"乡闻宦辙"，即在乡梓的声望和官场的行迹。

"吴郡三高"，指在江苏吴县（今苏州）三高祠供祀的春秋越国范蠡、晋代张翰、唐代陆龟蒙三人。

范蠡，楚国宛（今河南南阳）人，辅佐越王勾践灭吴，后离越入齐，又到宋的陶邑（今山东定陶西北），改名陶朱公，以经商成为巨富。

张翰，晋吴郡吴县（今苏州）人，善属文。齐王司马冏召为大司马东曹掾，因时政混乱，为避祸，乃托词见秋风起思故乡菰菜、莼羹、鲈鱼脍，而辞归乡里。

陆龟蒙，唐姑苏（今苏州）人。早年举进士不第，后隐居江甫里，好放游江湖之间，朝廷以高士招，不至。与诗人皮日休友善，多唱和。其诗中有一些愤慨世事、忧念民生之作，其小品文题材丰富，语言犀利，深刻揭露封建统治者的残暴腐朽，抨击封建道德的虚伪。自称江湖散人。

此三人或中途归隐，或散游不仕，故联尾说三贤与此三人不同。

此联上写湖山风月，下叙人物典故，触景生情，运思有致，深情地提示人们，尽管岁月沧桑，但对于历史上为国家人民作出过贡献的先人，不该忘记，而应永久纪念他们。

在艺术手法上，运用增语修辞法，先概说，后增补而具体化，铺张排比，节奏明快，文韵酣畅。

论者评林思进为联是"走求阙斋（指曾国藩）、湘绮楼（指王闿运）的路子，行之以气，不求字工"。从此联看，是气走脉接，然平仄对仗或有缺失之处，正合"行之以气，不求字工"之评。

题南湖革命纪念馆

董必武

烟雨楼台，革命萌生，此间曾著星星火；
风云世界，逢春蛰起，到处皆闻殷殷雷。

◆ **注 释**

1. 董必武（1886—1975 年）：原名贤琮，字洁畲，号璧伍，又
   名用威，湖北黄安（今红安）人。早年参加辛亥革命。中共
   一大代表，无产阶级革命家。中华人民共和国成立后，曾任
   中央人民政府政务院副总理、国家副主席、最高人民法院院
   长、代主席、全国人大常委会副委员长等职。工诗词联语。
   有《董必武选集》《董必武诗选》等。

2. 南湖：在浙江嘉兴城东南，因该湖分东西两处，像鸳鸯交
   颈，所以又叫鸳鸯湖，简称鸳湖。总面积 525 亩，湖中有
   湖心岛，岛上有烟雨楼和新中国成立后建立的革命纪念馆。
   1921 年 7 月，中国共产党第一次代表大会在上海开会期间，
   因受到法国租界巡捕房暗探的干扰，便转移到浙江嘉兴南湖
   的游船上继续举行，所以嘉兴南湖便成为革命圣地之一。

解　析

　　作为中共一大代表，董必武同志对南湖有着特别深厚的感情，于1963年12月和1964年4月，曾先后两次重访南湖，挥笔为烟雨楼题写匾额，并为纪念馆题写了这副抱柱楹联。

　　上联写中国共产党在烟雨楼台之旁诞生，点燃了革命的星星之火。

　　"烟雨"二字既写实又蕴含当时中国革命形势所处的险恶境况。"烟雨莽苍苍，龟蛇锁大江。"（毛泽东《菩萨蛮·黄鹤楼》）正此之谓也。"著"，着的本字，意点燃着。

　　"星星火"，微小的火。毛泽东曾以"星星之火，可以燎原"比喻革命力量开始微小，但有旺盛的生命力和伟大的发展前途。

　　下联进一步写中国共产党诞生的影响和意义。

　　"风云"，喻局势或革命形势。

　　"蛰起"，原指昆虫由冬眠而醒起，此指革命由酝酿而开始萌发。

　　"殷殷（yǐn yǐn）"，雷声震动强烈貌。下联是说，万物逢春蛰起，整个世界风起云涌，到处响起了革命的殷殷雷声。

　　此联题革命圣地，不去描写圣地秀丽风光，而是用浓墨去赞美其历史意义和革命的影响，指向鲜明，主旨突出，这是其特点之一。

　　另一特点是，写历史意义和革命影响，并不以政治术语和概念化语言，除"革命"一词外，全用形象化语言出之，从而成为革命性的思想内容与高超的艺术性相结合的成功之作。

祠庙龙蛇　石勒燕然

题关帝庙

方孝孺

先武穆而神，大汉千古，大宋千古；
后文宣而圣，山东一人，山西一人。

◇ **注 释**

1. 方孝孺（1357—1402 年）：字希直，号逊志，人称正学先生，浙江宁海人。明初文学家。明惠帝时任侍讲学士、《太祖实录》总裁。因拒为燕王朱棣起草登极诏书而被杀，遭灭十族（宗亲九族之外并及学生）。有《逊志斋集》。

2. 关帝：即三国蜀将关羽，由于历代帝王的推崇，关羽地位越来越显赫，关帝庙也遍及全国各地，此联所题乃杭州栖霞岭关帝庙，与杭州岳庙相邻。据说山西蒲州关帝庙也有此联。

3. 武穆：岳飞谥号。

4. 文宣：孔子谥号，山东曲阜人，关羽后他 600 多年。

解 析

    上联以关羽与岳飞相比提，说二人都被尊为神，无论是汉关羽还是宋岳飞，都名垂千古。

    下联以关羽与孔子相并论，说二人都被称为圣，一位关羽是山西人，一位孔子是山东人。

此联构思巧妙，把关羽和孔子、关羽和岳飞的不同朝代、不同省籍与共同特征——神与圣，构思成联，可谓匠心独运、妙笔如神。

从联艺上看，此联采用复词修辞格，上联两"大"、两"千古"；下联两"山"、两"一人"。无论是上下对（"先"对"后"、"武"对"文"、"神"对"圣"），还是当句对（"汉"对"宋"、"东"对"西"），都极其工整，以极其完美的文字形式，达到赞颂关羽的目的，非大家手笔莫能为之。

题杭州于忠肃祠

王守仁

赤手挽银河，公自大名垂宇宙；
青山埋白骨，我来何处吊英贤。

◆ **注 释**

1. 王守仁（1472——1529 年）：字伯安，浙江余姚人。曾筑室故
   乡阳明洞中读书讲学，自号阳明子、阳明山人，世称阳明先
   生，创理学阳明学派。明弘治十二年（1499 年）进士。曾
   因反对当权宦官刘瑾，被谪贵州龙场（修文县治）驿丞。刘
   瑾被杀后，移庐陵知县，累提为右佥都御史、巡抚南赣、总
   督两广，官至南京吏部尚书、兵部尚书，封新建伯，死后谥
   文成。

2. 杭州于忠肃祠：祀明代民族英雄于谦。于谦（1398——1457
   年），字廷益，号节庵，浙江杭州人。出身世宦，明永乐
   十九年（1421 年）进士，官至兵部尚书。历任河南、山西
   等巡抚，平判冤狱、兴修水利、赈济灾民，颇受人民爱戴。
   明正统十四年（1449 年），蒙古瓦剌部军在土木堡（今河
   北怀来县境内）大败明军，掳去亲征皇帝英宗，进逼北京。
   时于谦由兵部侍郎升任兵部尚书，力主另立新君，稳定民
   心，反对南迁，坚决抗战，终于在北京城外击退敌军，使

国家转危为安。1450 年，英宗被释回京。天顺元年（1457年）正月英宗复辟，由于奸臣石亨等构陷，于谦以"大逆不道，迎立外藩"的罪名被杀。宪宗成化初年（1465 年）昭雪，追复官职；孝宗弘治二年（1489 年）谥肃愍，神宗万历中（1596 年左右）又谥忠肃。于谦是一位关心民间疾苦的政治家和民族英雄，也是一位有才华的诗人。有《于忠肃集》。

解 析

上联歌颂于谦的历史功绩。

"赤手"，即徒手，空手。苏轼诗："当年老使君，赤手降於菟（wū tú 即老虎）。"这里谓于谦在北京城外抗击外敌蒙古瓦剌军，孤军奋战、赤胆忠心的品格。

"挽银河"，语出杜甫诗《洗兵马》："安得壮士挽天河，净洗甲兵长不用。"银河，即天河。此喻消除战乱，拯救国家。

"公自"句，化用杜甫《咏怀古迹》之五"诸葛大名垂宇宙"诗意，认为于谦功绩可与诸葛亮相媲美，千古流芳，表达了作者的敬仰之情。

下联痛悼于谦的含冤惨死。于谦当年被杀同时被抄家，家人无法料理其后事，都督同知陈逵感念于谦忠义而收遗骸葬埋，过一年后才归葬杭州。作者正是有感于谦被害之后，尸骨易地，所以有此慨叹"我来何处吊英贤"。下联既含有对于谦被诬陷惨遭杀害的愤懑与不平，也含有对于谦英魂长留于青山的赞颂之意。

祠庙龙蛇　石勒燕然

此联悼生吊死，语痛情深，感人之至。语言浅白，但意蕴深厚。尤其是对仗，极为工整，几乎无疵可求。将杜诗"挽天河"改为"挽银河"，意不变，而对仗则更工整了，可见作者之匠心。

题北京文天祥祠

边华泉

花外子规燕市月；
柳边精卫浙江潮。

◆ **注 释**

1. 边华泉（1476—1532年）：名边贡，字廷实，号华泉，山东历城（今济南）人。明弘治九年（1496年）进士，官至南京户部尚书。与李梦阳等六位文学家同为"前七子"。有《华泉集》。

2. 文天祥（1236—1283年）：字宋瑞，又字履善，号文山，南宋吉州庐陵（今江西吉安）人，宋理宗时状元，官至丞相，封信国公，为宋末杰出的民族英雄、爱国政治家、文学家。曾与元兵转战于赣、闽、粤诸地，兵败被俘，拘囚4年，誓死不屈，终于至元十九年十二月初九（1283年1月9日）在元大都（今北京）菜市口被害。文天祥祠在北京东城安定门内府学胡同，1376年为祀文天祥而建。

【 **解 析** 】

上联谓文天祥被害，世人为之悲痛不已。

祠庙龙蛇　石勒燕然

"子规"，杜鹃鸟的别称。相传古时蜀国望帝以冤死，死后化为杜鹃，每日啼鸣，直至血出乃止。唐代白居易《琵琶行》有"杜鹃啼血猿哀鸣"之句。

"燕市"，即今北京。文天祥在北京菜市口就义。

下联谓文天祥虽含冤而死，然其精神永在。

"精卫"，相传为炎帝女，名女娃，游东海溺死，化为精卫鸟，含恨常衔木石欲填平东海。后人常以精卫衔石填海作为冤深力微而奋斗不息的典故。黄遵宪《赠梁任父同年》诗："杜鹃再拜忧天泪，精卫无穷填海心。"

"浙江潮"，春秋时吴臣伍子胥因忠谏含冤而死，死后化为潮神，随钱塘潮（浙江潮）往来，澎湃不已。宋代陆游诗《乙丑夏秋之交小舟早夜往来湖中戏成绝句》："千年未息灵胥怒，卷地潮声到枕边。""灵胥怒"，指传说钱塘潮是伍子胥灵魂怒气所致。

此联构思别致，从字面上乍看似乎是在写风景，"花外""柳边""燕市月""浙江潮"，构成一幅典型的风景画。但细加推究用"子规""精卫""浙江潮"之典和"燕市月"特定场景，可知，此联具有深沉的历史内涵，表达了常人难以言传的深情。一方面是对文天祥含屈而死的痛切缅怀（上联），另一方面则是对文天祥忠贞坚毅精神的深切颂扬（下联）。此外，用语精粹，用典贴切，对仗工稳，也是该联的一大特色。无论从意蕴还是联艺来看，都是一副值得推崇的佳品。

题温州文信国公祠

李銮宣

久要不忘平生之言，古谊若龟鉴，忠肝若铁石；
敢问何为浩然之气，在地为河岳，经天为日星。

◆ **注 释**

1. 李銮宣（1758—1817年）：字伯宣，号石农，山西静乐人。清乾隆五十五年（1790年）进士，官至云南巡抚。有《坚白石斋诗集》。
2. 文信国公祠：即文天祥祠，在浙江温州江心屿。

解 析

　　上联起句"久要不忘平生之言"，语出《论语·宪问》："见利思义，见危授命，久要不忘平生之言，亦可以为成人矣。"

　　"久要"，"要"是"约"，贫困之义，"久要"是长久贫困。此句意思是无论处于贫困情况多久，只要不忘平日诺言，则可成为完美之人。

　　"古谊"和"忠肝"两句为传说文天祥中进士时，其师礼部尚书王应麟在其考卷上所批之语："古谊若龟鉴，忠肝若铁石。""龟鉴"，龟甲可占卜吉凶，鉴是镜子，犹言可作为借鉴；"铁石"，喻

祠庙龙蛇 石勒燕然

坚定不移。

上联大意是说，文天祥是孔子所说的那样一位在任何困苦条件下都坚守曾经在科考试卷上的承诺，对古义忠心耿耿、矢志不渝的完美之人。

下联起句"敢问何为浩然之气"，语出《孟子·公孙丑上》："敢问何谓浩然之气？曰：'难言也。其为气也，至大至刚，以直养而无害，则塞于天地之间。'"

"在地"和"经天"两句则化用文天祥《正气歌》中"天地有正气，杂然赋流形。下则为河岳，上则为日星。于人曰浩然，沛乎塞苍冥"的诗句。

下联借用孟子之语和化用文天祥本人诗句，赞颂文天祥具有气壮山河、灿如日月的民族气节和高尚情操。

此联特点是引用孔孟的成句以及点化文天祥老师的批语和文天祥自己的诗句来颂扬文天祥竭忠尽节、视死如归的爱国主义精神，独具匠心，别具新意。

题萧相国祠

倪元璐

除去祖龙苛，闾悾万家歌武始；
评量功狗当，高名一代属文终。

◆ 注 释

1. 倪元璐（1593—1644 年）：字玉汝，又字鸿宝，明浙江上虞人。天启二年（1622 年）进士，授编修。崇祯元年（1628 年）迁翰林院侍讲，上疏为因批评朝政而被阉党所害的东林党辩诬，并请毁阉党所修《三朝要典》，为朝野传诵。累迁国子祭酒、兵部侍郎、户部尚书兼翰林学士。崇祯十七年（1644 年）三月，于李自成攻克北京后，自缢而死，谥"文正"。明文学家、书画家，有《倪文正集》等。

2. 此联题于浙江绍兴汉代相国萧何祠。萧何（？—前 193 年），西汉初沛县（今属江苏）人。佐刘邦建立汉朝。刘邦率军进入秦都咸阳时，萧何收集秦朝丞相、御史的律令图书，使刘邦得以了解全国山川险要、郡县户籍和民间疾苦等社会情况。刘邦被封为汉王时，萧何为丞相；楚汉战争中，萧何留守关中，输入军粮、补充士兵，支援作战。天下既定，论功第一，被封为酂（zàn）侯（酂，在今河南永城市西南）。汉之律令典制，多其制定，其死后曹参继任，守其定制，世有"萧规曹随"成语，即指此事。

上联歌颂萧相国革除秦代苛政，使百姓得以和悦欢乐。

"祖龙"，即我国第一个封建皇帝秦始皇。《史记·秦始皇本纪》裴骃集解："祖，始也；龙，人君象。谓始皇也。"

"苛"，指繁重的赋税、苛刻的法令。

"闿怿"，闿（kǎi），安乐；怿（yì），欢喜快乐；合起来即和悦欢快之义。

"武始"，地名，今河北邯郸市西南部。《史记·秦本纪》："（秦昭襄王）十三年（前299年）向寿伐韩，取武始。"联语以"取武始"借指汉代秦而取得天下，因而"歌武始"即人民歌颂汉家天下。

下联评述萧何在刘邦平定天下中有特殊的贡献。

"评量"，评判衡量。"功狗"是汉高祖刘邦对萧何功劳的评价，语出《史记·萧相国世家》："汉五年，既杀项羽，定天下，论功行封。群臣争功，岁余功不决。高祖以萧何功最盛封为酂侯。……（功臣）皆曰：'萧何未尝有汗马之劳，徒持文墨议论，不战，顾反居臣等上，何也？'高帝曰：'夫猎，追杀兽兔者，狗也。而发踪指示兽处者，人也。今诸君徒能得走兽耳，功狗也。至如萧何，发踪指示，功人也。'"后以"功人"指起关键作用、有特殊贡献的人；以"功狗"比喻杀敌立功的人。刘邦平定天下后，论功行赏，称众将为"功狗"，萧何为"功人"。"当"（dàng），适合、适当。意谓刘邦以评量"功狗""功人"来论功行赏是适当的。联语中因上下联对句格律、字数限制而省去"功人"一词。

"文终"，萧何于汉孝惠帝二年（前193年）卒，谥号"文终"。

此联从夺天下与治天下两方面来歌颂萧何的历史功绩，主旨突出，剪裁得当，构思有致；以史论史，底足蕴深，说服力大，感染力强；且对仗工整，功力不凡。

题杭州西湖钱王祠

张 岱

力能分土，提乡兵杀宏诛昌，一十四州鸡犬桑麻，撑住东南半壁；

志在顺天，扶幼主迎周归宋，九十八年象犀筐篚，混同吴越一家。

◆ **注 释**

1. 张岱（1597—1689年）：字宗子，一字石公，号陶庵，浙江山阴（今绍兴）人。明末清初文学家，久居杭州。清兵南下，入山著书，有《琅嬛文集》《西湖梦寻》《陶庵梦忆》等。

2. 钱王祠：在浙江杭州市清波门北、涌金池南，祀五代时吴越国的建立者钱镠（liú）及其子孙。钱王祠前身为表忠观，南宋末年毁于战火，明嘉靖三十九年（1560年）重建，清以后通称钱王祠。民国初重修，抗战后日渐破败，2003年按明代祠庙的建制重修，内塑钱氏三世五王像，现成为杭州西湖重要景观之一。

【 **解 析** 】

上联颂扬吴越开国者钱王治土平叛、保境安民、撑住东南半壁的历史功绩。

"分土"，指五代后梁开平元年（907 年）封镇海节度使钱镠为吴越王，后梁龙德三年（923 年）又册封为吴越国王，以杭州为帝都，分土立国。这也是历史上杭州为帝都之始。

"乡兵"，指古代地方武装，此指吴越国军队。

"杀宏"，指唐僖宗中和二年（882 年）浙东观察使刘汉宏谋并浙西，先是被钱镠打败，后于光启二年（886 年）被钱镠攻下越州（今杭州）所杀。

"诛昌"，指唐昭宗乾宁三年（896 年）陇西郡王董昌在越州称帝，钱镠起兵攻下越州，将其杀死。

"一十四州"，指吴越国所辖疆域，包括今浙江全省、苏南和闽北在内的东南沿海地区。

"鸡犬桑麻"，指鸡鸣犬吠、桑麻茂盛，喻人民生活富足安定。这后两句的意思是说，五代时中原战乱频仍，生产遭严重破坏，而吴越王采取臣事中原中央政权，保境安民、鼓励农桑之策，避免战乱蹂躏，获得一方安宁，撑住了东南半壁江山。

下联歌颂钱氏三世五王为国家统一大业所作出的杰出贡献。

"顺天"，遵循天道，顺从天意。用现在的话说，是遵循历史发展规律。《周易·象传下·革》："汤武革命，顺乎天而应乎人。"《管子·形势》："顺天者有其功，逆天者怀其凶。"

"幼主"，指五代最后一朝后周世宗之子恭帝柴宗训。钱镠之孙钱俶继任吴越王后，出兵助周扶立柴宗训为王，归顺宋朝，从此五代十国分裂局面宣告结束，又开创了中国统一的新时代。

"九十八年"，指吴越国从立国到归宋历三世五王共计 98 年。

"象犀"，象牙和犀牛角，古人认为是同类物。"筐篚（fěi）"，盛物之竹器，方曰筐，圆曰篚，二者亦属同类。

"混同吴越一家"，意谓吴越和宋朝就如同大象和犀牛、筐和篚一样，本为同类，皆属炎黄子孙，自当混同统一，亲如一家。在吴越国近百年的历史上，吴越国一直与中原王朝保持着和谐融洽的地方与中央、臣属与统治的关系，最后归于宋朝一统，这是难能可贵的。

题史公祠

陈宏谋

佩鄂国至言，不爱钱，不惜死；

与文山比烈，曰取义，曰成仁。

◆ 注　释

1. 陈宏谋（1696—1771 年）：字汝咨，号榕门，广西桂林人。清雍正元年（1723 年）进士，官至东阁大学士，兼工部尚书。谥"文恭"。有《培远堂全集》。

2. 史公祠：在江苏扬州，祀抗清名将史可法。

3. 史可法（1602—1645 年）：字宪之，号道邻，河南祥符（今开封）人。明崇祯元年（1628 年）进士，官至南京兵部尚书，在扬州督师。清兵南下，他坚守扬州，城破自杀未遂，被清军所执，不屈被杀。

〖 解　析 〗

上联写史可法钦佩岳飞的至理名言，并以实际行动实践之。

"鄂国"，指岳飞。宋代抗金民族英雄被卖国贼秦桧杀害后，于宋嘉泰四年（1204 年）得以昭雪，谥号"鄂国公"。"至言"，极其高明的言论。《宋史·岳飞传》载："或问：'天下何时太平？'飞

祠庙龙蛇　石勒燕然

曰：'文官不爱钱，武官不惜死，天下太平矣！'"上联说史可法坚持抗清牺牲，实践了这一至言。

下联将史可法与南宋抗元民族英雄文天祥的忠烈相提并论，颂扬史可法以身殉国的壮举。

《明史·史可法传》载，史母怀孕时，梦文天祥入其舍，生可法。世有史可法，乃文天祥再世的传说。文天祥被元军在大都（今北京）杀害前，作绝笔云："孔曰成仁，孟曰取义，惟其义尽，所以仁至。"成仁取义指为正义事业献出生命。下联本此意蕴。

此联以历史上著名的两位民族英雄相比拟，并以他们的至理名言入联，精粹、简约、新颖、别致。如此写法，一方面反映了历代志士仁人一脉相承的高风亮节，另一方面也强化了读者继往开来的历史意识。

上联两"不"字，下联两"曰"字，此为"重复"修辞法，强化了联语的力度，表达了强烈的情感，突出了英雄爱国主义的崇高形象。

题杭州西湖钱王祠

金安清

十四州一剑霜寒，辟门天子，闭门节使；
三五夜群斐玉艳，陌上花开，江上潮来。

◆ **注　释**

1. 金安清（1816—1878 年）：字眉生，号六幸翁，浙江嘉善人。清监生，文学家，官至湖北督粮道，署两淮盐运使。有《六幸翁文稿》。

2. 钱王祠事见张岱《题杭州西湖钱王祠》介绍。

3. 钱镠（852—932 年）：字具美，唐末临安（今杭州）人。为吴越国开国之主，即一世王。

解　析

上联写钱王武功政绩。

"十四州"，指当时吴越国领地有十四州（另说为十三州一军），包括今浙江省和苏南、闽北在内的东南沿海地区。晚唐诗人贯休和尚献给钱镠的贺诗有云："满堂花醉三千客，一剑霜寒十四州。"

"一剑霜寒"，意谓武功出众，使敌人胆寒；具体指钱镠败王仙芝，破黄巢，平刘汉宏，诛董昌之战绩。据史载，钱镠少任侠，

祠庙龙蛇　石勒燕然

先从董昌扫灭王仙芝、黄巢起义军，后董昌反叛，又拘执杀之。

"辟门天子"，意谓钱镠在唐亡后，因功于后梁开平元年（907年）被封为吴越王，即为吴越国开国之主，原先的大元帅府变为国治，杭州始为帝王之都。

"闭门节使"，意谓钱镠在称王之前，于唐昭宗时曾任镇海节度使。"闭门"，意谓时过境迁而闭门，此为曾经有过之意。

下联写吴越国太平盛世的气象，言外之意是吴越国王治国有方，才有此繁华景象。

据史载，吴越王当政时期为南方十国之一，正值中原五代（后梁、后唐、后晋、后汉、后周）至北宋的递嬗时期，战乱频仍，王朝更迭，社会生产力和文化遭到严重破坏，而吴越钱氏诸王朝采取保境安民、臣事中原、兴修水利、鼓励农桑、发展经济、崇尚文化的国策，使吴越国避免了战乱的蹂躏而出现有别于其他国的升平世象。

"三五夜"，即每月十五日月圆之夜。下联罗列每月十五月下美人歌舞、陌上花开、钱塘江潮来，一派繁华景象。

对此有人解释为"极写奢华高贵的生活场景"，是含有贬义。笔者以为不妥，这是未能联系历史和上下联总体立意去考量的结果。还应说的是，吴越国第五位国王钱俶（钱镠之孙），在宋王朝建立后主动朝宋，并于太宗太平兴国三年（978年）入京献出所据两浙十四州之地归宋。这对消除分裂割据、统一国家、使人民免遭战火之灾，作出了历史性贡献。后人为钱王建祠，并有楹联怀念，是有理由的。

题长沙三闾大夫祠

秦　瀛

何处招魂，香草还生三户地；
当年呵壁，湘流应识九歌心。

◆ 注 释

1. 秦瀛（1743—1821 年）：字凌沧，又字小岘，晚号遂庵，江
   苏无锡人。清乾隆三十九年（1774 年）举人，官至刑部右
   侍郎。有《小岘山人诗文集》。

2. 三闾大夫祠：即屈子祠，祀战国时期楚国曾官三闾大夫的爱
   国诗人屈原。此祠在长沙市岳麓山。

3. 屈原（约公元前 340—前 278 年）：名平，字灵均。在楚国
   朝政中因谗言被罢职，流浪于湘江一带，写了大量怀念祖国
   的诗歌，称为"楚辞"，最后于楚国被秦国灭亡时的农历五
   月五日投汨罗江自尽。

【解 析】

上联以设问方式表达对屈原的深切怀念。

"招魂"，屈原所作楚辞有《招魂》篇，意在招回被秦国骗去
拘留三年的怀王的生魂。

"香草"，楚辞中常用词，喻作忠贞爱国之士。

"三户地"，即指楚国。因楚有昭、屈、景三大姓，《史记》说："楚虽三户，亡秦必楚也。"故以三户地代表楚国。

上联大意是说，香草又在楚地上生出来了，但何处去招已殉国的屈原之忠魂呢？

下联要人们去深刻体会、理解屈原发泄愤懑和写《九歌》所表达的理想与对祖国人民深切热爱之情。

"呵壁"，对着墙壁大声发问，语出汉代王逸《天问章句》："屈原放逐，忧心愁悴。彷徨山泽，经历陵陆。嗟号昊旻，仰天叹息。见楚有先王之庙及公卿祠堂，图画天地山川神灵……仰见图画，因书其壁，呵而问之，以渫愤懑，舒泻愁思。"后以"呵壁"为失意者发泄胸中愤懑的典故。

"湘流"，湘江及其支流，此代指楚地的居民。

"九歌"，楚辞的篇名，乃屈原放逐前据湘沅民间祀神乐曲而作，其内容反映了我国古代一些富有积极意义的神话故事传说，在我国诗歌史上有重要意义。此处以《九歌》代指屈原充满爱国精神的所有楚辞作品。

下联大意是说，屈原一生撰写大量楚辞，楚地后人应该深深理解、体会他的愤懑和爱国情怀。

此联以屈原之作来写屈原的爱国精神，风格独特，感人至深。

题汨罗玉笥山屈子祠

郭嵩焘

哀郢矢孤忠，三百篇中独宗变雅开新格；
怀沙沉此地，二千年后唯有滩声似旧时。

◆ 注 释

1. 郭嵩焘（1818—1891 年）：字伯琛，号筠仙，晚号玉池老人，湖南湘阴人。清道光二十七年（1847 年）进士，官至兵部左侍郎，首任驻英公使，继而兼任驻法公使。清末外交家。乞休归，筑"养知书屋"，被学者称养知先生。工诗文，有《养知书屋诗文集》《会合联吟集》等。

2. 屈子祠：在湖南汨罗县玉笥山上，始建于汉代，祀爱国诗人屈原（事见秦瀛《题长沙三闾大夫祠》）。

解 析

上联以屈子《哀郢》起篇，说明此诗篇不仅表现出其爱国孤忠，而且在艺术上崇尚"变雅"，别开诗作新径，以讽世之作对腐朽反动势力进行抨击，是继《三百篇》（《诗经》的代称）之后光耀千古的杰作。

《哀郢》，《楚辞·九章》第三篇篇名，描述作者于郢都被秦攻

祠庙龙蛇 石勒燕然

破后离开故都浮江东下时的哀愤心情。

"矢",通"誓"。

"孤忠",别人无以理解的忠心。

"三百篇",《诗经》共 305 篇,后人简称为"三百篇",代指《诗经》。

"宗",尊崇。

"变雅",据清代马瑞辰《毛诗传笺通释·风雅正变说》解释,《诗经》中《小雅》《大雅》凡述国家政治之美者为正,以刺其政治之恶者为变也。屈原尊崇"变雅"的诗风,创作了大量讽刺楚国政治衰败的楚辞,所以开创了诗歌的"新格",即新格调、新风格。

下联以屈子《怀沙》终章,一方面表现了诗人为爱国理想坚持不懈斗争、至死不渝(怀沙、沉江)的精神,另一方面说明不管人世发生多么大的变化,但屈原将永远享祭祀,为后人所纪念和钦敬("滩声似旧")。

《怀沙》,《楚辞·九章》第五篇篇名。《史记·屈原贾生列传》说《九章》是屈原自沉汨罗江以前的绝笔。汉代王逸《楚辞章句·九章叙》曰:"屈原放于江南之壄(野),思君念国,忧心罔极,故复作《九章》。"

"滩声"句,语出宋代陆游诗《楚城》:"江上荒城猿鸟悲,隔江便是屈原祠。一千五百年间事,只有滩声似旧时。"陆游诗和郭嵩焘联先后用"滩声似旧时"来比喻,无论屈原沉江过去了 1500 年还是 2000 年,历史发生了何等巨变,世人对屈原的怀念和敬仰与当时一样不变。

此联作法是以个别代表一般,即取屈原作《九章》中《哀郢》

《怀沙》两篇，一彰其生，一悼其亡，撮生死总一生，匠心独具，感情沉郁，气韵浑厚，读来令人回肠荡气，感人至深。千载而后，犹能觉屈子精灵尚在，浩气长存。

郭嵩焘尚有一联也是为屈子祠而作，甚为典雅蕴藉，不妨誊后，同供品赏。联曰：

骚可为经，倬然雅颂并传，俨向尼山承笔削；

风原阙楚，补以沅湘诸什，不劳太史采辑轩。

题太白祠

李调元

豪气压群雄，能使力士脱靴贵妃捧砚；
仙才媲众美，不让参军俊逸开府清新。

◆ 注 释

1. 李调元（1734—1802 年）：字羹堂、鹤洲、赞庵，号雨村、
童山蠢翁，四川绵州（今绵阳）人。乾隆二十八年（1763 年）
进士，官至广东学政、直隶通永道等职。因劾永平知府得罪
权相和珅而充军伊犁，以母老赎归，居家 20 余年以著述自
娱。著有《雨村曲话》《尚书古字辨异》《童山全集》等。
2. 太白祠：在四川江油市李白故里。

🔲 解 析

上联写李白刚直不阿、狂傲不羁的豪气。

"力士脱靴"，指李白奉唐玄宗诏写"和番书"（当时用外文写
的外交书信）时佯醉，让作恶多端的宦官高力士为其脱靴，灭其
凶焰。

"贵妃捧砚"，指李白遵唐玄宗旨写《清平调》三章，传杨贵
妃为其捧砚磨墨。

下联写李白飘然俊逸、卓尔不群的才华。

"仙才"，指李白非凡的资质与天赋，语出贺知章赞李白为"谪仙人"。

"参军"，指南北朝时南宋诗人鲍照，曾任荆州参军（幕僚），故以职务代其名。其诗风俊美洒脱。

"开府"，指南北朝时北周诗人庾信，本为南朝齐梁人，因出使西魏时梁被西魏灭而不得返国，遂留仕北朝，累迁骠骑大将军、开府仪同三司，故称"庾开府"。其诗流畅新颖，不落俗套。

杜甫有《春日忆李白》诗，曰："白也诗无敌，飘然思不群。清新庾开府，俊逸鲍参军。"下联正是点化杜甫此诗，以赞颂李白之仙才。

此联既简练又典型，既概括又具体，集中囊括了李白平生最主要、最有代表性的特质，塑造了一位傲然不屈的伟大诗人形象。

祠庙龙蛇　石勒燕然

题汨罗屈子祠

陈治法

屈子有才终屈子；
怀王无道莫怀王。

◆ 注　释

1. 陈治法：湖南人，当代楹联家，其他未详。
2. 屈子：对屈原的尊称。

解　析

　　据史载，屈原学识渊博，主张"彰明法度，举贤授能，东联齐国，西抗强秦"。他所作《离骚》《九章》，反复陈述他的政治主张。

　　上联中"有才"，就是对此的高度概括。然由于当时国君昏庸，听信谗言，终使他才学无法施展，政治主张无法实现，使他（子）蒙冤（屈），沉沙汨罗江。这就是后一个"屈子"之意。

　　"怀王"，即楚怀王，姓熊名槐，战国时楚国君。屈原辅佐他时，他不但不听忠谏，反而听信奸佞子兰、靳尚的谗言，放逐屈原。

　　下联中所说"无道"，便即指此。如此昏君，几千年来为人民所不齿，自然也就不可能再有人去想念他了。"莫怀王"，道出人民的心声。

此联妙在上、下联头尾一词，均字同而义异。上联头一个"屈子"是专有名词，是屈原的尊称；尾一个"屈子"是动宾结构，解为"使他蒙冤"。"终"字，既使人感到沉痛，又使人感到愤恨，饱含联作者无限感慨，有一字千钧之功。下联头一个"怀王"，也是专有名词，指楚怀王；尾一个"怀王"，也是动宾结构，解为"想念君王"。"莫"字，鲜明表达联作者爱憎分明、疾恶如仇的心情，于平凡中见深度。

全联言简意赅，既对屈原、楚怀王两个历史人物进行切中肯綮的评价，又明辨忠奸，泾渭善恶，激起人们的爱国之情。

从联艺上看，该联运用"转品"的修辞法。对语词"屈子""怀王"的活用，使语言新颖生动，构思精巧独特，言有尽，意无穷。

题王船山祠

洪亮吉

恸哭西台，当年航海君臣，知己犹余瞿相国；
羁栖南岳，此后名山著作，同心惟有顾亭林。

◆ **注　释**

1. 洪亮吉（1746—1809 年）：初名礼吉，字君直，一字稚存，
号北江，江苏常州人。清经学家、文学家。乾隆五十五年
（1790 年）进士，官编修，督学贵州。嘉庆时以直言获罪，
遣戍伊犁，不久赦还原籍，改号更生居士，遂寄情山水，专
意著述。有《春秋左传诂》等经学著作和《洪北江全集》。

2. 王船山祠：在湖南衡阳，祀明末清初思想家王夫之。

3. 王夫之（1619—1692 年）：字而农，号薑斋，湖南衡阳人，
明崇祯十五年（1642 年）举人。明亡，在湖南衡山组织抗
清武装起义，兵败后，又辗转投抗清英雄瞿式耜守桂林，直
至桂林陷落、瞿殉难，后转至衡阳石船山隐居著述讲学几十
年。世称"船山先生"，著作甚多，集为《船山遗书》。

▣ **解　析**

上联歌颂王夫之至死不降清的民族气节。

"西台"，浙江桐庐富春山严子陵钓台。据宋代谢翱《登西台恸哭记》载：谢翱闻文天祥死节，悲不自胜，乃登浙江省桐庐县东汉隐士严子陵钓台西台，设天祥神位，酬奠号泣，持竹如意击石鼓作楚歌以招魂。歌毕，竹石俱碎。此句比拟王船山见明朝灭亡、诸臣皆死，有如西台之恸哭。

"航海君臣"，指南明唐王、鲁王与郑成功、张煌言等在东南沿海一带抗击清军事。

"瞿相国"，即瞿式耜（1590—1650 年），字起田，号稼轩，江苏常熟人。明永历四年（1650 年）在桂林坚持抗清，王夫之与瞿互相配合，城破失败，瞿被杀。

上联大意说，王夫之看见明朝被清灭亡悲痛不已，在南明唐王、鲁王、郑成功、张煌言于东南沿海抗清失败情况下，还同知己瞿式耜坚持在桂林抗清。

下联推崇王夫之学术成就。

"羁栖南岳"，王夫之在桂林抗清失败后，辗转到南岳衡山的石船山隐居，杜门著述讲学。

"顾亭林"，即顾炎武（1613—1682 年），初名绛，字宁人，号亭林，江苏昆山人。南明时多次参加抗清斗争，提出"天下兴亡，匹夫有责"的著名口号，明亡，改名炎武，潜心著述，于经史、天文、历算、舆地沿革，莫不考究，著述甚丰，有《日知录》《音学五书》《顾亭林诗文集》等。

下联大意说，王夫之与顾炎武经历、思想、成就相似，故王夫之唯一同心者只能以顾亭林当之。

此联运思有致，善于剪裁，取王夫之一生中两个最显著事

祠庙龙蛇 石勒燕然

83

迹——抗清报国和高隐治学来加以歌颂推崇，同时又采取类比手法，以民族英雄瞿式耜和著名爱国思想家顾炎武作为烘托，使王夫之为人为学的艺术形象赫然在目，令人读后难忘。

题包公祠

左 辅

一水绕荒祠，此地真无关节到；
停车肃遗像，几人得并姓名尊。

◆ **注 释**

1. 左辅（1751—1833 年）：字仲甫，一字蔺友，号杏庄，江苏阳湖（今武进）人。清乾隆五十八年（1793 年）进士，官至湖南巡抚。有《书牍五种》《念宛斋集》。
2. 包公祠：在安徽省合肥市，祀宋包拯。

解 析

上联由荒祠引发感慨，称颂包公清廉正直，借以追怀其高尚的节操。

"一水"，指包河，河中所产红花藕无丝，据传缘于包公无私。

"关节"，本指骨节，引申指营私舞弊、官场贿赂等不法行为。

上联大意说，包公祠因历经战乱而日渐荒凉，正象征因有包公铁面无私，而无人敢来行贿一样。

下联借瞻仰塑像，直抒感慨。

"停车"，作者表示恭敬，使车停下。

祠庙龙蛇　石勒燕然

"肃",进入祠堂肃穆地拜揖包公塑像。

"并",并列,指与包公英名并列。

下联大意说,我停车肃穆地拜揖包公像,深感世上没几人能像包公那样有铁面无私的声名显扬后世,家喻户晓,受到世人敬重。其中隐含着对那些贪官污吏的厌恶和斥责。

此联语言朴实,但称颂之意充溢于字里行间,不仅有对先贤的敬仰之情,也有对后人的警策之意,融历史性与现实性于一联,裨益不浅。

题周处庙

齐彦槐

朝有奸党，岂能成将帅之功，若教仗钺专征，蛟龙犹非对手敌；

世无圣人，不当在弟子之列，谁信读书折节，机云曾作抗颜师。

◆ **注 释**

1. 齐彦槐（1774—1841年）：字梦树，号梅麓，徽州婺源（今属江西）人。清嘉庆十四年（1809年）进士，任金匮知县，官至苏州知府。工书善诗，并以楹联名世，有《书画录》《双溪草堂诗文集》等。

2. 周处（约236—297年）：字子隐，西晋义兴阳羡（今江苏宜兴南）人。少幼为孤，横行乡里，父老把他和南山猛虎、长桥恶蛟合称为"三害"。周处听后，决心改正，于是上山杀虎、入水斩蛟之后，赴吴县投奔文学家陆机、陆云兄弟并拜其为师。后仕晋，官至御史中丞。办事铁面无私，弹劾不避权贵，于是受到贵戚权臣的排挤。在平息氐族齐万年叛乱时，梁王司马肜官报私仇，迫使周处孤军进兵，然后又断其后援，周处奋战而死。赠为平西将军，谥孝侯。有文才，著有《风土记》《默语》《吴书》。

3.西晋惠帝为纪念这位英雄，便在周处家乡（今江苏宜兴县宜城镇东庙巷）兴建了周处庙。现在庙内的内厅、享堂、廊屋等，均为清末重建。享堂龛内供有周处塑像，两旁有宋以后历代碑刻，庙左有周处墓冢。

解 析

上联痛惜周处死于朝中奸党谋害，而难成将帅之功。

"奸党"，指谋害周处的梁王司马肜等。

"仗钺"，钺，是古代兵器，用青铜或铁制成，形状像板斧而较大。仗钺是说手执砍斫之兵器，是古代将帅出兵征伐的代称。

"专征"，是受命为专门特定的目标进行征伐。此指周处征伐氐族齐万年的叛乱。

"蛟龙"，比喻凶恶的敌人或恶势力。

"对手敌"，对手之敌。

上联大意是，因为朝中有奸党作祟，所以即使蛟龙也难成其敌手的周处，让他去"仗钺专征"，也不能成就其将帅之功。

下联称颂周处知错即改、见贤思齐的难能可贵的品质，最终成为古往今来改恶从善的典型和表率。

"折节"，强自克制，改变平素志行。此指周处改恶从善、投师读书。

"机云"，指晋代著名文学家陆机、陆云兄弟。

"抗颜师"，因面色庄严不屈而成为老师。语出柳宗元《答韦中立论师道书》："独韩愈奋不顾流俗，犯笑侮，收召后学，作《师说》，因抗颜而为师。"联中"抗颜师"指陆云兄弟不顾流俗、犯笑侮，而收曾是"三害"之一的周处为弟子。

下联大意是，世上并无生来就是圣人的人，不应该将自己归入圣人弟子之列，而应该像周处那样知错即改，励志从善，见贤思齐，拜贤人为师，折节读书，终成为一位古今称道的改恶从善的典型。

此联独特之处，一是以简约精要的文字，概说周处与众不同之人生；二是以事论理，夹叙夹议，塑造出一位由行恶到从善的典型人物形象，具有警世醒人的作用。

题西宁风神庙

左宗棠

律协静条鸣，试看豹驾螭骖，作雨成霖，都承清景；
化行知草偃，听罢胡笳羌笛，阜财解愠，更谱虞琴。

◆ **注 释**

1. 左宗棠（1812—1885 年）：字季高，湖南湘阴人。清道光十二年（1832 年）举人。近代洋务运动代表人物之一，曾任两江总督、钦差大臣督办新疆军务、军机大臣和通商事务大臣。有《左文襄公全集》。

2. 风神庙：位于西宁东郊 30 公里处名为小峡口的地方。西宁地处青藏高原东端，自然条件较差，灾害频仍，尤以风灾为苦。当地民众便建此风神庙，祈望有风神来弭患消灾。

3. 神话传说中风神：名飞廉、箕伯、风伯，也名封十八姨。其形象为怀抱琵琶做弹奏状，象征风调雨顺。

〖 **解 析** 〗

作者当年远征西北边疆时，于青海西宁风神庙题写此联。

上联写风神的功德：化飙飓为和风，御豹螭作霖雨，使民众承惠于风调雨顺、国泰民安之清平景象。

"律协"，指音乐节奏和谐。此指好的气候和年景。

"静条鸣"，指风和而树枝条静止不鸣。

"豹驾螭骖"，指神兽驾驭着飞车，为人们"作雨成霖"。据传说，风神飞廉为神禽，鹿身，头如雀，有角，蛇尾豹纹。"豹驾螭骖"即由"豹文蛇尾"想象而来。

"清景"，清平景象，喻太平盛世。

下联写民众的期盼和祝愿：进一步实现自然环境的和谐，听胡笳羌笛，演奏先王虞舜所奏的琴曲，人民物阜财丰，没有贫困的烦恼，安居乐业。

"化行"，喻风化。

"草偃"，草遇风而倒伏。

"化行知草偃"，喻百姓受教化。古诗《风》曰："响已鸣条应，情将偃草融。"

"胡笳羌笛"，少数民族地区乐器。

"阜财"，即物阜财丰。

"解愠"，消除烦恼。

"虞琴"，虞舜所奏琴曲《南风》，其词曰："南风之薰兮，可以解吾民之愠兮。南风之时兮，可以阜吾民之财兮。"（《孔子家语·辩乐》）意思是说，南风一吹，让万物生长，可以解民困，使民众得到财富。

此联以宏伟瑰丽的想象、精彩生动的语言，把神话中的事物与自然景物，点化为奇异的艺术形象；把神话传说中对风神的崇拜化作对人间现实的追求，深切地表达了对祖国山河的赞美和对人民美好生活的憧憬。

题河南南阳武侯祠

顾嘉蘅

心在朝廷，原无论先主后主；
名高天下，何必辨襄阳南阳。

◆ **注 释**

1. 顾嘉蘅（生于 1822 年左右，卒年不详）：湖北襄阳人。清咸丰、同治年间官河南南阳知府。在任南阳知府时，为了破解明清以来武侯祠的归属而争讼不休的历史公案，他撰写了这副楹联，悬挂于河南南阳武侯祠对享殿之上。

2. 河南南阳卧龙岗：传说诸葛亮在出山之前曾隐居于此，所以此地立有"汉武侯躬耕处"石碑。

【 **解 析** 】

卧龙岗除武侯祠外，还建有三顾堂、诸葛庐。河南南阳上下人士一直以武侯躬耕处自豪。但湖北襄阳人士却不认可。他们根据诸葛亮《出师表》"臣本布衣，躬耕于南阳"之说，进行多方实地考证，认为躬耕地"南阳"，是在襄阳一带的南阳墟，而非河南南阳，故河南南阳所有关于诸葛亮古迹，均属讹传。双方各凭所据，争讼不休，成为一桩历史悬案。

顾嘉蘅以湖北襄阳籍身份出任河南南阳知府，当面对有人要他给予评判时，他权衡左右，深思熟虑，撰写了这副既不得罪故乡襄阳人，又不刺伤为官地南阳人的对联。这副对联，看似折中，因从大处着眼，使两地人民多能心悦诚服，缓解或破解了几代人之间的争执。

　　上联从大处着眼，先说诸葛亮的杰出贡献，突出他对国家的忠贞与无私。大意是，诸葛亮一心为国（心在朝廷），无论是刘备（先主）在时"鞠躬尽瘁"，还是刘禅（shàn 后主）继位后的"死而后已"，乃是用毕生精力保定二主江山。

　　下联则从高处下笔，有的放矢地讲明作者对隐居地争论的看法。大意是，杜甫称"诸葛大名垂宇宙"（《咏怀古迹》），诸葛亮名震四方，驰誉天下，为我全民族所共有，何必只从自己小地方观念出发，去争个不休呢！这就告诉人们，重要的是要学习继承诸葛亮为国家鞠躬尽瘁、死而后已的精神，而不是争辩他的具体隐居地。联中"何必"二字，笔力千钧，击碎了人们心中历久而挥之不去的死结。

　　全联立意不同凡响，构思独具匠心，技法娴熟，对仗极工，可称高超之作。

题成都武侯祠

赵 藩

能攻心则反侧自消，从古知兵非好战；

不审势即宽严皆误，后来治蜀要深思。

◆ 注 释

1. 赵藩（1851—1927年）：字樾邨，号蝯仙，白族，云南剑川
   人。清光绪元年（1875年）举人。曾任川南道按察使。擅
   诗文，有《向湖村舍诗文集》《小鸥波馆词钞》。

2. 成都武侯祠：在成都市南，始建于西晋末，后与蜀主刘备昭
   烈帝祠合并。清康熙十年（1671年）重修。殿宇宏伟，古
   柏掩映。殿正中为诸葛亮贴金塑像，两侧为其子诸葛瞻、孙
   诸葛尚塑像。大殿内外匾联甚多，其中最著名的则数赵藩于
   光绪二十八年（1902年）所撰的这副对联。

3. 赵藩撰此联正值清末政治腐败、民怨沸腾，四川巡抚岑春煊
   残酷镇压农民起义之际。赵藩曾是岑春煊启蒙老师，出于对
   时局的忧虑和关注，撰写此联，旨在对后来治蜀者进行讽谏。

⟬ 解 析 ⟭

　　上联称颂诸葛亮用兵之道在于以攻心为上，而非一味施诸

武力。

"攻心"，今天称为心理战术或思想政治工作。汉贾谊《新书·修政语下》："凡有攻心者，必结之以约而谕之以信，然后能以得也。"《诸葛亮集·南征教》："用兵之道，攻心为上，攻城为下。心战为上，兵战为下。"诸葛亮曾七擒七纵西南彝族头领孟获，使其心悦诚服地归顺，即此攻心战术具体运用所取得的胜利。

"反侧"，原意为反复无常。《楚辞·天问》："天命反侧，何罚何佑。"联中意思为反叛、叛乱。

"自消"，反叛之心自然消失，或说自安。

"知兵"，懂得兵法，善于用兵。

下联针对清末四川时政情势，指出治蜀之道在于审时度（duó）势，既要谨严执法，也要宽以待民，做到实事求是，宽严结合。

该联客观地总结诸葛亮一生治国安邦的经验，揭示了正反、宽严、和战、文治与武功等矛盾的辩证关系，极富哲理，发人深思。其所述治军、治政之道，不仅切合当时四川情势，也具有超越时空的功效。一副三十字的即事联，可抵一篇千百字的政论文，故一经面世，便传诵久远。

题海口五公祠

朱 采

只知有国，不知有身，任凭千般折磨，益坚此志；
先其所忧，后其所乐，但愿群才奋起，莫负斯楼。

◆　注　释

1. 朱采（1833—1901年）：字亮生，浙江嘉兴人。咸丰朝优贡，
   光绪时官至琼崖道台。有《清芬阁集》。此联是作者任琼崖
   道台时，为"五公祠"而题撰的。

2. 五公祠：在今海南省海口市和琼山县府城镇之间，与苏公祠
   （纪念苏东坡）毗邻。五公祠建于清光绪十五年（1889年），
   祭祀唐宋间五位被贬谪流放于海南的爱国忠臣，有"海南第
   一楼"之称。这五位名臣是唐代丞相卫国公李德裕，北宋宰
   相忠定公李纲，南宋宰相忠简公赵鼎，枢密院编修忠简公胡
   铨和参政庄简公李光。

3. 李德裕（787—850年）：赵郡（今河北）人。任丞相时，力
   主削藩，执政6年，封卫国公，后遭以牛僧孺与李宗闵为首
   的奸党打击，贬潮州司马，再贬崖州（今海南海口）司户，
   卒于贬所。

4. 李纲（1083—1140年）：北宋邵武（今属福建）人。他力主
   抗金，反对议和，为议和派所排挤。宋高宗赵构即位，起

用为相，但因反对高宗退避东南、力主进取中原，为谗言诽谤，罢相去位。

5. 赵鼎（1085—1147年）：解州闻喜（今属山西）人。南宋大臣，累官御史中丞、尚书右仆射兼枢密使，与张浚并相。他力图复兴，荐用岳飞，反对议和，忤秦桧，被贬岭南，移吉阳军（治今海南三亚崖城），3年后不食而死，世称宋中兴贤相。

6. 胡铨（1102—1180年）：字邦衡，号澹庵，江西庐陵（今江西吉安）人，宋高宗建炎二年（1128年）进士，绍兴五年（1135年）任枢密院编修官。绍兴八年（1138年）因上书宋高宗请斩议和派秦桧等，被贬为福州签判。议和之后，议和派诬他上书妄言，予以除名，押送广东新州（今广东新兴）管制，后又被贬至海南岛南部。孝宗继位后，起用为国史院编修官、暂代兵部侍郎等，以资政殿学士致仕。

7. 李光（1077—1159年）：字泰发，上虞（今绍兴东北部）人。崇宁五年（1106年）进士，绍兴初年擢任吏部尚书。绍兴八年（1138年）因反对秦桧向金兵议和而遭秦桧嫉恨。绍兴十一年（1141年）冬中丞万俟禼诬其阴怀怨望，乃贬滕州，后转至琼州（今海南省海口）贬居11年。秦桧死后复任左朝奉大夫，未到任而卒于途中，年82岁。

解析

上联歌颂五公皆是以国事为重、敢于犯颜直谏、置身家性命于不顾的忠臣良相，具有万难不辞的坚韧意志，他们虽屡遭权奸的排挤和迫害，仍矢志不渝，为后人所敬仰。

下联借范仲淹《岳阳楼记》中"先天下之忧而忧，后天下之乐而乐"的句意，于盛赞五公的同时，寄厚望于后起之辈，要"群才奋起，莫负斯楼"，意谓不要辜负先贤们"只知有国，不知有身""先其所忧，后其所乐"的爱国忧民的远大志向和博大胸襟，以及不屈不挠的高风亮节。

此联明白如话，清新晓畅，但又对仗工整。上、下联前半部采用自对法，后半部采用互对法，手法机巧谙熟。唯上联中"千般"之"般"为平声，按对联格律在本句中失之无交替，在对句中则失之未相对立。若改用"千样""千种""千次"，虽合平仄格律，但其意则远逊于"千般"，因而从不以词害意计，当先就意，而后就格律。

五公祠题联不少，其中有无名氏所撰两副可与前联相媲美，不妨顺录于下，以供众赏：

其一

唐嗟末造，宋恨偏安，天地几人才，置诸海外；
道契前贤，教兴后学，乾坤有正气，在此楼中。

其二

于东坡外，有此五贤，自唐宋迄今，公道千秋垂定论；
处南海中，别为一郡，望烟云所聚，天涯万里见孤忠。

题江苏淮阴韩信庙

杨听庐

西望关中，百战十年空鸟兔；
北临绵上，千秋一例感龙蛇。

◆ **注　释**

1. 杨听庐（生卒年不详）：江苏武进人，清咸丰朝举人。

2. 韩信（？—前196年）：秦末淮阴（在今江苏境内）人。初从项羽，后归刘邦，拜为大将。伐魏，举（攻取）赵，降燕，破楚，定齐，战功显赫。汉五年（公元前202年），击灭项羽于垓下（今安徽省灵璧县东南），封楚王。汉六年（公元前201年），有人告其谋反，降为淮阴侯；汉十一年（公元前196年），为吕后所杀。他与萧何、张良，史称"汉初三杰"。

解　析

　　此联题于江苏淮阴韩信庙，但也有说题于山西介休市韩信庙的，今从前说。

　　上联写韩信为兴汉百战十年而最终被杀的悲剧性人生。

　　"关中"，通常指战国末年函谷关川西、秦岭以北地区，相当

祠庙龙蛇　石勒燕然

于今陕西省。有人曾对项羽说，关中"地肥饶，可都以霸"，即是说此地可作为国都，称霸于天下。楚汉相争，韩信助刘邦消灭项羽，定鼎咸阳。关中乃韩信征战建功之地。因关中在淮阴之西，故曰"西望关中"。

"百战十年"，指韩信归汉至被杀整十年。

"空鸟兔"，《史记·淮阴侯列传》载：韩信被告谋反后，由武士绑缚载于后车，他自己言道："果若人言：'狡兔死，良狗亨（通烹）；高鸟尽，良弓藏；敌国破，谋臣亡'。天下已定，我固当亨！""亨"，古文同"烹"。意为百战十年，空为刘邦射鸟猎兔，最后用完不免被杀，犹如俗语说"卸磨杀驴"。

下联引春秋战国时介子推有功于晋文公而终被活活烧死之事，以映衬韩信的悲剧人生，尤使人百感丛生，慨叹不已。

"绵上"，指山西介休市绵山。《史记·晋世家》载：春秋时，晋国内乱，介子推随公子重耳出亡，途中缺食，介子推割自己腿上肉给重耳充饥。多年后重耳返国即位为晋文公，赏功于从亡之臣，却不提及介子推"割股献食"之事。介子推便携其母隐于介休县东南绵山之上。当晋文公觉知此事时，便令人进山搜寻，未找见，于是晋文公环绵山之地封为介之田，并改绵山为介山。又有传说，晋文公找不到介子推，更令烧山，结果，介子推与其母抱树被烧死。因介休绵山在韩信故乡淮阴之北，故联曰"北临绵上"。

"龙蛇"，此指在介子推未受晋文公奖赏时，有不平者题《龙蛇歌》于宫门，曰："有龙矫矫，顷失其所。五蛇从之，周遍天下。龙饥无食，一蛇割股。龙反其渊，安其壤土。四蛇入穴，皆有处所。一蛇无穴，号于中野。"（汉刘向《说苑·复恩》）诗中"龙"喻晋文公，"五蛇"喻文公从亡之臣，其一无穴者喻介子推。"号"，啼哭。

"千秋一例感龙蛇"一句，意思是说从千百年来韩信一案而有感于龙蛇之恩怨存亡，告诉人们自古至今凡有功之人都一样没有好下场。

此联以写韩信为主，写介子推为衬，点出二人所处时代不同而结局一样。联语通过"千秋一例"加以总结，表达了对历代事成被弃、功成被杀的无限感慨，发出了社会要公正、历史要公允的呼声，因此，该联有相当积极的历史意义。

题四川绵竹张浚祠

杨 聪

　　当年南渡何人，扼此老终身，不教与范富齐勋，坐看淮甸烟尘、汴宫禾黍；

　　今日北冥多事，请先生复起，安得率刘吴诸将，一赋楼船夜雪、铁马秋风。

◆　注　释

1. 杨聪：四川绵竹人。清末学者，系"戊戌六君子"之一杨锐（1857—1898年）胞兄。

2. 张浚（1097—1164年）：字德远，号紫岩居士，四川绵竹人，宋徽宗时进士。宋高宗时任知枢密院事，又出任川陕宣抚处置使，力主抗金，于诸将重用岳飞、韩世忠。权相秦桧主议和，张浚被贬在外20年。孝宗时重新起用，督师江淮间，封魏国公。后又视师江淮，被主和派排挤去职，谥忠献。

3. 宋代同时还有另一张俊（1086—1154年）：秦州成纪（今甘肃天水）人，助秦桧制造伪证陷害岳飞。两人一忠一奸，泾渭分明（姓同，名异；一为浚，一为俊）。

上联怒斥宋高宗赵构扼杀张浚抗金壮举，使其陷入欲抗不能、报国无门境地的错误决策。

"南渡"，指在靖康二年（1127 年）金兵掠走徽钦二宗皇帝的危机中，宋王朝从故都开封南撤渡过长江定都临安（今杭州），建立南宋政权。

"何人"，指宋高宗赵构（徽宗子，钦宗弟）。

"此老"，指张浚，他因反对议和而被贬去朝近 20 年直至逝世，故曰"扼此老终身"。

"范富"，指范仲淹和富弼二人。

范仲淹（989—1052 年），宋苏州吴县人，官至安抚使、参知政事，宋仁宗时与韩琦率兵同拒西夏，使边境得以相安无事，人称其"胸中有数万甲兵"。

富弼（1004—1083 年），宋河南洛阳人。仁宗时与韩琦同在中书省主权，两度出使契丹，力拒契丹主提出的割地要求，官至宰相。

因二人有功于国，故曰"范富齐勋"。

"淮甸"，指江淮一带。

"烟尘"，喻战乱。唐高适诗《燕歌行》："汉家烟尘在东北，汉将辞家破残贼。"

"汴宫"，指北宋京都汴京的宫殿。

"禾黍"，喻国家败亡。《诗经·王风·黍离序》说，西周亡后，周大夫过宗庙宫室，见到宫室都"尽为禾黍"，完全变成庄稼地了，彷徨不忍离去，因作《黍离》一诗。后以"禾黍"一词代指国家

祠庙龙蛇　石勒燕然

败亡。

下联借古讽今，期望张浚这样的忠臣良将能死而复生，重振乾坤，扫除清王朝弊政。

"北冥"，亦称"北溟"，指北海。清皇宫位于京城北海、中海、南海之畔，故联语以"北冥"代北海，又转而代指清王朝。

"多事"，多变故，因清朝既有外患，又有内忧，故曰"北冥多事"。

"刘吴"，指刘世光、吴玠，此二人都是张浚重用过的有功之将，都主张抗金、反对议和，在抗金战场上曾屡败金兵。

"楼船""铁马"两句，语出陆游诗《书愤》："楼船夜雪瓜洲渡，铁马秋风大散关。"这两句诗写宋高宗绍兴三十一年（1161年），宋将虞允文以楼船（战舰）在瓜洲渡拒金兵于江北和宋将吴璘（吴玠弟）在陕西宝鸡县西南边防重镇大散关收复失地这二次战役事。联语引用此诗句，意在希望现实朝中有忠臣良将复出重振乾坤。

此联句句用典，借古喻今，既是歌颂，又是讽谏，既歌颂了历史上的爱国英雄，又表达了作者对现实国家命运的深切关怀。

题辛弃疾纪念祠

郭沫若

铁板铜琶，继东坡高唱大江东去；
美芹悲黍，冀南宋莫随鸿雁南飞。

◆ **注　释**

1. 郭沫若（1892—1978 年）：原名开贞，号尚武，别号鼎堂等，四川乐山人。我国现代伟大的革命家、文学家、诗人、戏剧家、历史学家、考古学家。1914 年到日本留学，回国后从事文艺运动。1919 年五四运动爆发后，积极从事反帝反封建的革命文化运动。1921 年出版具有新诗奠基意义的诗集《女神》，并组织创造社，编辑《创造季刊》等。1924 年开始接受马克思主义，并倡导革命文学。北伐期间，曾任国民革命军总政治部副主任。大革命失败后，参加八一南昌起义，并加入中国共产党。1928 年按党组织的安排旅居日本，潜心研究中国历史、甲骨文、金文等，成绩卓著。全民族抗日战争爆发后，回国参加抗日救亡斗争。新中国成立后，历任中央人民政府委员、政务院副总理、科学院院长、全国人大常委会副委员长等职。平生著述甚丰，有《郭沫若全集》。联语有《郭沫若楹联辑注》，收入楹联 101 副。

2. 辛弃疾（1140—1207 年）：字幼安，号稼轩，山东历城（今济南）人。南宋爱国词人。他生长在金人沦陷区，21 岁就组织义军，参加抗金起义，失败后南归。后曾被宋高宗召见授官承务郎，但未被重用，所陈恢复失地的方略《美芹十论》《九议》等，也未被朝廷采纳。此后历任滁州知州和湖北、湖南、江西等路安抚使，尽力惩贪治腐，救灾济民，有所作为，但终不能酬其恢复中原的壮志。因刚直不阿，力主抗战，屡遭群小排挤，从 43 岁起，闲居信州（今江西上饶）近 20 年。晚年起任浙东安抚使等职，重视抗金的准备工作，但都被当权者所忌，被弹劾回到铅山（今江西省），终因报国无门，壮志未酬，愤郁而终。他的词，多充满爱国激情，悲壮豪放，具有强烈的艺术感染力，在文学史上与苏轼齐名，世称"苏辛"。有《稼轩长短句》《稼轩词编年笺注》等。

3. 辛弃疾纪念祠：在山东济南大明湖南岸，1959 年秋，济南市人民政府筹建，1961 年正式开放。郭沫若此联赫然悬于门首的抱柱上。有人评此联"概括道出辛弃疾的创作特色及其爱国抱负"。

解 析

　　上联正是概括辛词的创作特色——继承了苏东坡的豪放词风。

　　"铁板铜琶"，喻音韵铿锵，豪放激越。典出宋代俞文豹《吹剑续录》："东坡在玉堂日，有幕士善讴，因问：'我词比柳词何如？'对曰：柳郎中词，只好十七八女孩儿执红牙拍板，唱'杨柳岸、晓风残月'；学士词，须关西大汉执铁板，唱'大江东去'。

公为之绝倒。"

下联写辛弃疾关切国事——希望南宋朝廷不要只偏安于东南，而不思恢复中原。

"美芹"，即献芹之意，据《列子·杨朱》记载：有乡野之人，自认为芹菜好吃，便向同乡富豪献上，富豪吃了，结果口腹都感觉不适，其人大惭。后人则以"献芹"为自谦之词，意谓所献之物菲薄，不足道之。联中所指乃辛弃疾慨陈复国方略的《美芹十论》。

"悲黍"，典出《诗经·王风·黍离》。据史书记载，周室东迁后，周朝大夫因公务回到古都，见昔日宗庙被夷平为田地，长满禾黍，悲叹国家之倾覆，彷徨不忍离去，因作《黍离》之诗。

下联意思是，弃疾献《美芹十论》，像《黍离》诗那样悲叹中原被金国侵占，主旨是希望南宋小朝廷不要学鸿雁南飞偏安一隅，而丢失大片河山。

此联句句用典，意蕴既深又丰。对仗甚为工整、极具精巧。尤其是上联中两"东"字，对下联中两"南"字，可谓妙合天成。

从内容上看，上联写其词章豪放，下联写其忧心国事，合起来即是"爱国大词人"。

此联精准概括了辛弃疾的两大特点，既是对他的褒扬，也是对后人的激励，其思想性和艺术性，均堪为范式。

祠庙龙蛇
石勒燕然

107

题台南郑成功祠

丘逢甲

由秀才而封王，主持半壁旧江山，为天下读书人顿增颜色；
驱外夷以出境，自劈千秋新事业，愿今日有志者再鼓雄风。

◆ **注 释**

1. 丘逢甲（1864—1912 年）：字仙根，号蛰仙，别号南武山人、仓海君，民国后即以仓海为名，台湾苗栗人，清光绪十五年（1889 年）进士，授工部主事。杰出的爱国诗人。甲午战败后，1895 年清廷割让台湾给日本，他驰电清廷抗议，组织义军抗日，被推为大将军，义军失败后，离台内渡，在广东各书院讲学，先同情康梁变法，后又支持辛亥革命，赴南京被推为参议员。有《岭云海日楼诗钞》。

2. 郑成功（1624—1662 年）：明末清初抗击荷兰侵略者而收复台湾的著名将领，事见本书康熙《挽郑成功》。

3. 郑成功祠：在台南市东面。台南地区是郑氏经营的中心，在清初就兴建了开山圣王庙（或称开台圣王庙）。乾隆时曾扩建，道光二十五年（1845 年）重修，同治十三年（1874 年）沈葆桢巡抚台湾，奏请朝廷将本庙列为国家祭典处，每年正月十六日举行祭礼。台湾省建有郑成功祠庙不下五六十座，但以本庙为历史最久，祭祀最隆。

解 析

此联为台湾台南郑成功祠而题。

上联叙写郑成功人生历程，认为其成长、成功乃是天下读书人的骄傲。

"由秀才而封王"，指郑成功在南明永历帝时由监生（秀才）受封为延平郡王。

"主持半壁旧江山"，指郑成功在清廷占领北京后，坚持在福建沿海一带抗清，撑起明朝东南半壁江山。

"顿增颜色"，意谓顿时增添光彩，为读书人争来面子，是读书人的骄傲。

下联歌颂郑成功的历史功绩，赞誉他是"今日有志者"奋发进取的学习榜样。

"驱外"两句，指郑成功依靠自己的力量于1662年驱逐荷兰殖民者出台湾，为中华民族开创了新的历史功绩，故台湾人民尊称他为开山王或开台王。

末句"有志者再鼓雄风"，意谓当时荷虏虽驱，而倭侵日亟，警示有志保卫国家者应警惕日寇侵台的野心。

此联有多种版本，作者也传说不一。据《台湾杂谈》记载，清唐景崧曾写一联："由秀才封王，为天下读书人别开生面；驱异族出境，语中国有志者再鼓雄风。"后丘逢甲将此联十五言（单边）加工成二十二言联，即成现在多处郑成功祠庙所用的这副对联。两位作者无论是丘逢甲还是唐景崧，都是爱国志士和民族英雄。唐景崧，据史载字维卿，广西人，于清光绪十一年（1885年）的中法之战中，曾率兵坚守谅山，大败法军。甲午（1894年）中日之战

祠庙龙蛇　石勒燕然

109

时，任台湾巡抚，反对清廷将台湾割让给日本，同时，为继续抗击日本帝国主义者，他同意绅民拥戴自己为"台湾民主国"总统，宣告自立，不受日本侵略者的控制，兵败后才渡海回大陆。所以，此联不论作者为谁，文字多少，都洋溢着爱国激情，是鼓舞爱国者的一支号角。

自题机杼　掬忠书诚

自 题

杨继盛

铁肩担道义；
辣手著文章。

◆ **注 释**

杨继盛（1516—1555 年）：字仲芳，号椒山，河北容城人。明嘉靖二十六年（1547 年）进士，官至刑部员外郎。因上疏劾奸相严嵩十大罪状、五大奸行（即"十罪五奸"）而下狱 3 年，几经廷杖，骨折肉腐，仍不屈权奸，终被惨杀。临刑前，杨继盛赋诗道："浩气还太虚，丹心照千古。生平未报恩，留作忠魂补。"身死 12 年之后，冤案始得彻底平反，赠太常少卿，追谥忠愍，并建祠于保定，名"旌忠祠"。

解 析

上联表达自己勇于肩挑道义的雄心壮志。

"铁肩"，比喻勇于承担重任。有著名人士诗："英雄儿女边疆去，倒转乾坤试铁肩。"

"道义"，道德义理。后汉荀悦《汉纪·高祖纪一》："夫立典有五志焉：一曰达道义，二曰彰法式，三曰通古今，四曰著功勋，五曰表贤能。"提出著史的五项基本指导原则,而将达道义列为立典五志之首。

下联抒发自己敢于冒风险写忧国忧民文章的襟怀与胆识。

"辣手",指办事刚严猛烈,毫不畏惧。马永易《实宾录》:"陈彭年更科举体式,结怨士人,时谓之辣手。"也称能手、老手。清郑燮《与丹翁书》:"千古好文章,只是即景即情,得事得理,固不必引经断律,称为辣手也。"像杨继盛《请诛贼臣疏》中有"陛下何不忍割爱一贼臣,顾忍百万苍生之涂炭哉"之语。此等文章,非"辣手"难以写出。

此联虽短,只有 10 字,然义理深蕴,非腐儒之笔下千言可比。所以为历代仁人志士所传诵。无产阶级革命家李大钊曾改一字书此联为"铁肩担道义;妙手著文章",置之座右,以资策励;书以赠人,以求共勉。可见,杨继盛此联感人之深,影响之广。

自　题

任　环

充海阔天高之量；
养先忧后乐之心。

◆　**注　释**

　　任环（1519—1558年）：字应乾，号复庵，山西长治人。明嘉靖二十三年（1544年）进士，官至山东右参政。和俞大猷同为抗倭名将，也是明代文学家，有《山海漫谈》。

解　析

　　上联说为人要有开阔的心胸和宏大的度量。

　　"海阔天高"，语出宋代阮阅《诗话总龟·道僧门》引《古今诗话》，唐僧玄览有诗云："大海从鱼跃，长空任鸟飞"，后作"海阔凭鱼跃，天高任鸟飞"。海阔可容纳百川，有如此胸襟，就能广交天下各式各样人才，取人之长，补己之短。天高可以涵浑万象。有这样宏大度量，就能兼容各种各样的观点和主张，兼收并蓄，相得益彰。

　　下联说做事要有为国家考虑为人民着想的心思和准则。

　　"先忧后乐"，语本《大戴礼记·曾子立事》："先忧事者后乐事，先乐事者后忧事。"宋代范仲淹在《岳阳楼记》中则把"忧乐"提升到关乎国家的高度来看待，说："先天下之忧而忧，后天下之乐而乐。"先忧后乐，即从此而来。

下联是对上联的进一步补充，意谓海阔天高之量，则应该以国家之得失为得失，以人民之休戚为休戚，不能只在个人小圈子中打转。养先忧后乐之心，就是一事当前，首先要考虑国家和人民的利益。

此联立意高远，内涵深刻，思想积极，格调高昂。

技法上，采用自对，即当句对，上联中"海阔"对"天高"；下联中"先忧"对"后乐"，十分工整，用词亦甚准确，"充"与"量"搭配，"养"与"心"相联，合乎语言规范。虽是短联，却是上品。

自 题

李 贽

从故乡而来，两地疮痍同满目；

当兵事之后，万家疾苦早关心。

◆ 注 释

李贽（1527—1602 年）：字宏甫，号卓吾，别号温陵居士，回族，福建泉州晋江人。明嘉靖三十一年（1552 年）进士，官至姚安知府。思想家、文学家。万历八年（1580 年）后专事讲学著作，因反对宋儒道学，以"异端"自居，被逮下狱，自刎而死。著有《焚书》《藏书》《史纲评要》等。

解 析

此联是李贽在去云南姚安任知府途中，看到因战乱四野凋敝、民不聊生景象而撰，以表达自己为官不负民望之志。

上联写赴任所见：从福建泉州到云南姚安都是疮痍满目。

下联写战乱所思：要关心万家疾苦。

自题联甚多，但主旨各不相同。此联以关心民瘼为第一要务来立意，自是高人一等，体现了作者"大庇天下寒士俱欢颜"的进步思想，难能可贵。为官者，若都能如此，则国家幸甚，人民幸甚。

联语对仗工整，而且将成语"满目疮痍"和常用语"关心疾苦"加以艺术化处理，把"满目""关心"各置于后，并在中间插一"同"和"早"字，既突出了联语主旨，又使成语活用，增加了意趣。

自　题

陈幼学

受一分枉法钱，幽有鬼神明有禁；
行半点亏心事，远及儿孙近及身。

◆　注　释

陈幼学（1541—1624 年）：字志行，江苏无锡人。明万历十七年（1589 年）进士，授确山知县，积粟备荒，广植桑榆，深受百姓爱戴。后迁刑部主事，历湖州知府，捕杀豪绅恶奴，治理荒政，卓有政绩。

【解　析】

上联以鬼神世界和人世间（即幽明两界）均有禁忌为戒，说明为官不能贪赃枉法。

"枉法钱"，指歪曲和破坏法律而贪污受贿。

"幽"，指阴间，幽冥世界，即鬼神世界。"明"，乃人世间。

下联以远近两方面可能涉及的祸患为警，说明不能做问心有愧的事。此联以因果报应、鬼神难欺之说，劝人要清廉自律、力行善事。其说虽含迷信色彩，其行则有利人生、社会、家国，有正己诚人的效用，值得借鉴。史载，陈幼学居官清廉，其子孙后代也都

"著循卓声，而严气正性有祖风"，可见此联为传家箴铭。

此联以时语入联，晓畅明白如话，易为大众所接受，其效用则更为明显。

自 题

蒲松龄

有志者事竟成，破釜沉舟，百二秦关终属楚；
苦心人天不负，卧薪尝胆，三千越甲可吞吴。

◆ **注 释**

蒲松龄（1640—1715 年）：字留仙，一字剑臣，号柳泉居士，世称聊斋先生，山东淄川（今淄博市淄川区）人。少有文名，先后曾受施闰章（清文学家，曾任山东学政）、王士禛（累官刑部尚书，多次主持乡试、会试）所器重。但乡闱屡试不第，71 岁始成贡生（秀才经考选优秀者升入京师国子监读书，含有贡献给皇帝的意思，因此称贡生）。一生以教塾为业，家境清贫。工诗文，著有《聊斋文集》《聊斋诗集》《聊斋俚曲》等，其小说《聊斋志异》历 20 年而成书，以谈鬼狐故事方式对当时社会、政治多所批判，尤为著名。由于屡试不第，为激励自己奋发向上，而自题此联，并刻在铜镇纸上。

解 析

上联以"破釜沉舟"之典故说明只要有坚韧不拔的意志，事必成功。

"破釜沉舟"喻下定最大决心、一拼到底之意。语出《史记·项羽本纪》:"项羽乃悉引兵渡河,皆沉船破釜甑(zèng,古代炊具),烧庐舍,持三日粮,以示士卒必死,无一还心。"

　　"百二秦关",语出《史记·高祖本纪》:"秦,形胜之国,带山河之险,县(悬)隔千里,持戟百万,秦得百二焉。"百二,百分之二,言秦地险固,二万人足当诸侯百万人也。一说谓百之二倍,谓秦地险固,一百秦兵抵二百诸侯兵。总之,以"百二秦关"极言秦关险固。以后成语也作"百二山河""百二关山"。

　　"终属楚",说项羽采用绝路求生的战略,终于大破秦兵,占领了秦地的众多关隘。

　　下联以卧薪尝胆之故事说明只要刻苦自励、发愤图强,终将会达到目的。

　　"三千越甲",指众多越国士兵。

　　"卧薪尝胆",典出《史记·越王勾践世家》,说春秋时代越国被吴国打败,越王勾践立志要报仇,为了激励斗志,夜里睡在柴草上,又在坐和睡觉的地方挂着苦胆,坐卧都看一看苦胆,吃饭时也尝一尝苦胆。10年生聚,10年教训,终于转弱为强,"三千越甲可吞吴",灭亡吴国,报仇成功。

　　蒲松龄此联以两个历史典故激励自己,表达出不达目的决不罢休的意愿。

　　他科考没有获取功名,但经过长期的努力,终于写成举世无双的小说集《聊斋志异》。郭沫若评该书:"写鬼写妖高人一等;刺贪刺虐入骨三分。"

自 题

钱 沣

爱半文不值半文，莫谓世无知者；

作一事须精一事，庶几心乃安然。

◆ **注 释**

钱沣（1740—1795 年）：字东注，一字约甫，号南园，云南昆明人。清乾隆三十六年（1771 年）进士，官至御史。有《南园集》。

解 析

此联语言浅显明白。上联规劝世人不要贪财爱钱，而要清廉。意思是说你爱一点钱你人格就不值钱了，别以为所做隐蔽，旁人不知道你的丑行。

下联警策人们做事必须勤勉、精益求精。

"庶几"，也许、或许之意。告诉人们做事必须认真严谨、不苟且粗疏，或许就使自己的心情安静坦然。古人为官常以"清、慎、勤"三字自励自勉。语出《三国志·魏书·李通传》注引的王隐《晋书》："（李）秉尝答司马文王问，因以为《家诫》曰：昔侍坐于先帝，时三长吏俱见。临辞出，上曰：'为官长当清、当慎、当勤。修此三者，何患不治乎？'"后代各衙署公堂多以"清慎勤"三字作匾额。清是清廉，慎是谨慎，勤是勤勉。

此联上联言"清"，下联言"勤"，合起来又都言"慎"，将质朴的平常话，构成警策的格言联，深入浅出，言简意赅，警己劝人，是难得的箴言。

自 题

魏 源

梦中疏草苍生泪；
诗里莺花稗史情。

◆ 注 释

　　魏源（1794—1857 年）：字默深，湖南邵阳人。清道光二十五年（1845 年）进士。历官内阁中书、高邮知州。读书精博，治春秋公羊学，与仁和（今杭州）龚自珍同属主张通经致用的今文经学派，并称"龚魏"。熟于政典掌故，尤精于舆地史学。曾受林则徐嘱托，据《四洲志》和中外文献资料编成《海国图志》。魏源是中国最早向西方寻求真理以拯救中国的志士之一，是近代改良运动的先驱。著有《魏源全集》。

解 析

　　上联写梦中犹不忘向皇上起草奏章，反映民生疾苦。
　　"疏"，奏疏，即奏章。"苍生"，指百姓。
　　下联写在诗中所咏莺燕花草也与民情有关，有如野史。
　　"莺花"，莺啼花开，泛指禽鸟花卉。
　　"稗史"，记载民间逸闻琐事的书，与官方编撰的正史有别。

稗（bài），稻田杂草，似禾。

此联抒发了一代爱国志士关心民瘼的心声。梦中犹念苍生泪，诗里犹撼稗史情，时时处处不忘国计民生，令人敬仰。

此联作法与常用手法不同，即不采用动词性词语进行叙述，而是上下联各由三个名词性词组构成，重在表象，突出形象，既文字精练，又内蕴丰赡。电影艺术中有两个镜头并置，而产生第三个意义的蒙太奇手法，此联可以说上下各由三个镜头并置，所产生的意象便十分丰富，可以产生象外之象、言外之意的艺术效果。还有一个特点是托物寄志，疏草有泪，莺花含情，十分妥帖地反映出作者的衷蕴，充溢着慷慨正义的人格力量，格外动人心魄。

自 题

谭嗣同

为人树起脊梁铁；
把卷撑开眼海银。

◆ **注 释**

谭嗣同（1865—1898 年）：字复生，号壮飞，湖南浏阳人，近代改良派思想家、政治家。1897 年协助湖南巡抚陈宝箴办时务学堂。1898 年任四品卿衔军机章京，是变法维新中的激进派和最出色的英雄人物之一。变法运动失败后，为唤起民众，拒绝避难出走，说："各国变法无不从流血而成，今日中国未闻有因变法而流血者，此国之所以不昌也。有之，请自嗣同始。"后被捕，于 1898 年 9 月 28 日和杨深秀等 6 人同时被害，世称"戊戌六君子"。有《谭嗣同全集》。

解 析

此联为参加变法时自题。

上联论为人——要做一个挺起脊梁骨的铮铮铁汉。

"脊梁铁"，典出《景德传灯录·宣鉴禅师》："德山老人一条脊梁骨硬似铁，拗不断。"谭嗣同参加维新变法，即怀着"无求生以害仁，有杀身以成仁"之襟抱，以流血杀头"请自嗣同始"的实践，表现其刚直不屈、脊骨如铁的特性。

下联谈为学——要以远大深邃的目光去读书做学问，以洞察世界，穷极未来。

"把卷"，即持卷，指看书。

"眼海银"，按回文读，即银海眼。道家谓肩为玉楼，称眼为银海。苏东坡《雪后书北台壁》诗："冻合玉楼寒起粟，光摇银海眩生花。"谭嗣同以此联句勉励自己，读书做学问要着眼于国家，着眼于世界，读人生之书，读社会之书，读国家之书，读世界之书，学有所成，致知力行，这是从宏观上讲；从微观上讲，读书时要睁大双眼，从字里行间去发现常人未能发现的意蕴和精妙。

此联虽短，然涵蕴十分丰赡，涉及人生最重要的两个方面——为人、为学，给人以极大启迪，尤其联系作者的实践，更令人敬慕。

自 勉

鲁 迅

望崦嵫而勿迫；
恐鹈鴂之先鸣。

◆ **注 释**

　　鲁迅（1881—1936年）：原名樟寿，字豫山，后改名树人，字豫才，笔名鲁迅，浙江绍兴人。早期信奉民主主义和进化论，后期信奉马克思主义。早年曾留学日本学医，后弃医从文，以望改变国民精神。辛亥革命后，先后在南京临时政府和北京政府教育部任部员、佥事等职。五四运动前后，站在新文化运动的前列，成为新文化运动的伟大旗手。1930年后，先后参与发起中国自由运动大同盟、中国左翼作家联盟和中国民权保障同盟等进步组织，积极参加革命文艺运动，粉碎反动派的文化"围剿"，为我国现代伟大的文学家、思想家、革命家，被毛泽东誉为"现代中国的圣人""空前的民族英雄""中国文化革命的主将""文化新军的最伟大和最英勇的旗手"。他学识渊博，贯通古今中外，一生著译甚多，有《鲁迅全集》《鲁迅译文集》等。

　　此副自勉联，乃鲁迅寓居北京期间，于 1924 年 9 月 8 日集录伟大爱国诗人屈原《离骚》诗句而成，曾请友人乔大壮书写，悬挂于卧室兼书房之内。

　　上联集自《离骚》："吾令羲和弭节兮，望崦嵫而勿迫。"

　　"羲和"，神话中太阳的驾车者。

　　"弭节"，放慢（车行）节奏（速度）。

　　"崦嵫（yān zī）"，山名，在甘肃省天水市西境，神话中太阳西落之地。

　　这两句的意思是，我让太阳的驾车人放慢行进的速度，见到崦嵫不要急于驶近，希望在日未落之时遇到贤君。言外之意，是希望太阳慢些下山，勿让岁月年华流逝太快。联语正是用此言外之意。

　　下联集自《离骚》："恐鹈鴂之先鸣兮，使夫百草为之不芳。"

　　"鹈鴂（tí jué）"，即杜鹃鸟，此鸟鸣时常在暮春，正值百草花落香逝之时。

　　这两句的意思是，唯恐杜鹃提前鸣叫，而使百草随之叶萎香消。言外之意是，害怕杜鹃提早鸣啼而使自己的宝贵时光过早终了。

　　鲁迅这副集自屈原《离骚》文字之联，确实是一副裁拼巧妙、熨帖自然、含义深刻且对仗工整的佳联，充分表达了鲁迅先生只争朝夕、不断进取的精神。正如鲁迅所说，"节省时间也就是使一个人有限的生命更加有效，而也即等于延长了人的生命"（《禁用和自造》）。鲁迅夫人许广平也说："他从来不浪费一点一滴的时间，有机会就读书。他几乎是时刻准备拿起笔来战斗。他常说'把别人

自题机杼　掬忠书诚

喝咖啡的时间都用进去了'，这就指学习。"〔许广平：《鲁迅先生怎样对待写作和编辑工作》（1961年），载《鲁迅研究资料》，文物出版社1976年版〕。鲁迅这种争分夺秒的精神，对于有志于为国家、为民族作出贡献的中华儿女来说，是十分宝贵的精神遗产。

自　题

冯玉祥

救民安有息肩日；
革命方为绝顶人。

◆　注　释

　　冯玉祥（1882—1948年）：字焕章，安徽巢县人。行伍出身。早年参加军阀混战。1926年在五原（今属内蒙古）誓师，宣布所部脱离北洋军阀，加入国民党。次年5月，就任国民革命军第二集团军总司令，曾参与蒋介石的反共活动。1931年九一八事变后，积极主张抗日，反对蒋介石的不抵抗政策。1933年与中国共产党合作，在张家口组织民众抗日同盟军，任总司令。1937年七七事变后先后任第三、第六战区司令长官，旋被蒋介石撤职。抗战胜利后，继续采取与中国共产党合作的立场，与李济深等发起组织中国国民党革命委员会。1946年出国考察水利。1948年9月，响应中共号召回国参加新政协筹备工作，途经黑海，因轮船失火遇难。为著名爱国将领，被周恩来誉为"从旧军人转变而成的坚定的民主主义战士"。平生喜作联语，颇见功力。

解 析

　　此联作于 1930 年冬天，冯玉祥暂居山西太原晋祠天龙山时，书此联赠侍从副官李兰庭。1933 年为悼念 1912 年滦州起义失败遇难的烈士，捐款置地修建了革命烈士祠，又书此联以题。

　　此联又称为《自题》联，书于其泰山寓处的壁上，时在 1933 年因反蒋失败下野，隐居泰山期间。

　　上联就其处世而言。

　　"息肩"，是说让肩头得到休息，常比喻卸除应负的责任。语出《左传·襄公二年》："郑成公疾，子驷请息肩于晋。"此联加上"安有"二字，意谓一切有志之士应把拯救人民大众于水深火热之中作为自己义不容辞的神圣天职，终生不渝地践行，不敢稍有懈怠，更不能"息肩"。

　　下联就为人而言。

　　"绝顶"，本意为最高峰。杜甫《望岳》诗有"会当凌绝顶，一览众山小"名句。"绝顶人"，即站得最高的人，也就是能高瞻远瞩的最高尚的人。此联意谓，立志革命，决心推翻黑暗社会的人，胸怀远大志向，放眼未来，这才算是站得最高的人，也是最高尚的人。

　　此联虽短，但内蕴甚深。一能自抒其志；二可激励同人；三也是对烈士的最贴切的褒赞。

自　题

李甲秾

吃苦是良图，作苦事，用苦心，费苦劲，苦境终成乐境；
偷闲非善策，说闲话，好闲游，做闲事，闲人就是废人。

◆　注　释

　　李甲秾（1898—1932 年）：湖南宁乡人。1926 年加入中国共产党。马日事变后，以小学教师身份为掩护从事革命活动，支持红军在湖南开展游击战争。1932 年 1 月被捕牺牲，为革命烈士。此联为作者自题。

解　析

　　上联阐明"吃苦"的益处，揭示苦乐可以转化的辩证法。

　　"良图"，就是好的谋划，或好的图景，也就是益处。

　　"苦境终成乐境"，即苦转化为乐的辩证之理。

　　唯物辩证法告诉人们，在自然界、人类社会和思维领域处处都存在着相反相成的矛盾，矛盾双方可以在一定条件下互相转化。苦与乐也是这样，苦转为乐的条件就是"作苦事""用苦心""费苦劲"，只要坚持这样做，苦境终将会变成乐境，这是李甲秾烈士人生经验之谈，也是人类历史无数次证明了的一条规律。

自题机杼　　拘忠书诚

下联说明偷闲的弊端，指明偷闲之人可以逐步发展成为废人的哲理。

"偷闲"原意是忙中取闲，唐代诗人白居易曾有诗《岁假内命酒赠周判官萧协律》说："闻健此时相劝醉，偷闲何处共寻春。"

此联中"偷闲"意为贪图安逸，荒废功业。"闲人就是废人"，以肯定语气发出警语。

社会哲学告诉我们这样一个道理，即闲人发展成为废人，也要经过量的积累，而"说闲话""好闲游""做闲事"就是闲人量变在不同领域、不同时间的具体表现，闲人变为废人，就是量变达到一定程度引起质变的结果。这是事物发展的普遍规律之一，也是李甲秾烈士通过社会实践特别是通过革命斗争所感悟到的为人处世的哲理。

此联最显著的特点是深入浅出，立意高远，蕴含哲理深邃，而语言极其通俗。另一个特点，就是运用反复的修辞法，上联连用五个"苦"字，下联连用五个"闲"字，反复告诫自己，一定要为实现报国之志而弃闲取苦，成为祖国和人民需要的人才，从而也给读者以极大的人生启示。

自　题

方志敏

心有三爱，奇书骏马佳山水；
园栽四物，青松翠竹白梅兰。

◆　注　释

　　方志敏（1899—1935年）：原名远镇，江西省弋阳人。无产阶级革命家。1924年加入中国共产党。赣东北革命根据地和中国工农红军第十军创始人之一。1934年率领抗日先遣队北上抗日，途中与阻击红军的国民党军队作战，因叛徒出卖被捕，在狱中坚贞不屈，于1935年8月6日在南昌英勇就义，时年36岁。有《清贫》《可爱的中国》《狱中记实》等著作。

解　析

　　此联是方志敏同志青年时代自题的一副卧室联。

　　上联写其心中三爱，以寄寓其远大抱负和不凡胸襟。

　　"奇书"，即珍奇之书。方志敏早年追求进步，在求学期间曾大量阅读《新青年》《东方杂志》等进步书刊。中国共产党成立之后的1922年又开始阅读英文版《共产党宣言》和《资本论》。联中的"奇书"，就是指他爱读的传播新文化尤其是传播马克思主义的珍奇之书。

"骏马"，即骏逸的良马。热血青年可凭借它驰骋疆场，为国立功，为民立业。方志敏曾在家乡村头的凉亭上题一副对联："云龙搏浪飞三级；天马行空载五华。"从中即可想见他的远大志向。

"佳山水"，即佳美壮丽的祖国山河。广游名山大川，不仅可以锻炼坚强的意志，也可以开阔视野，陶冶情操，培养热爱祖国的炽热感情。因此方志敏除了爱奇书、爱骏马之外，也极爱佳山水。

从他这"三爱"中，便可看出他以天下为己任的不凡抱负和胸襟。

下联叙其园中所钟情的四物，以表露其崇高志趣和坚贞品格。

"青松"，乃有节之物，"岁寒，然后知松柏之后凋也"（孔子语）；

"翠竹"，乃虚心之本，故竹称"君子"；

"梅"，花中之佼，"已是悬崖百丈冰，犹有花枝俏"（毛泽东词句）；

"兰"，为王者之香，"不起林而独秀，挺自然之高介"。

方志敏在园中栽此四物，即可见他的洁雅志趣和高尚品格，表现出他崇高的不同凡响的追求。正因为如此，他总能在极端艰难的环境中不屈不挠，一往无前。

据说1935年1月，他率部北进，在南华山突遇大雪，便用竹枝在雪地上写了一首诗："雪压竹头低，低下欲沾泥。一轮红日起，依旧与天齐。"表现出他万难不屈的英雄气概和对革命前途充满信心的乐观主义精神，并以此勉励同志们共渡难关。

此联不仅内容上不同凡响，文字上高雅清逸，而且创作技巧别具一格，这就是运用带有数目字的"增语"写法。

增语这种写法，是主体之后增设补体，使之具体化、形象化的一种对联写作方法。它有两种情况，一是主体为概说，增设补体使其内容具体化；二是主体是比喻，增设补体使比喻内容具体化。此联属于前者。而这种带数目字的增语写法，难度尤大。有例可证。相传，宋神宗熙宁年间，辽国派遣使臣来中原，苏东坡奉诏接待。辽使知道苏东坡是大名鼎鼎的文豪，便佯装请教，故意出一对子曰："三光日月星。"这个出句初看简单，实难应对。因为按照对对子的要求，出句有数字，对句也必须有数字，且出句为"三"，对句则不能重复，而必须对其他数字。但出句中的"三"包括"日、月、星"三种事物，而对句要与之相对，数字又不能相同，按常规对法难毕其功，必须用巧思化解其难。苏东坡不愧为大文豪，想起《诗经》中风、雅、颂三部分中雅又分为大雅、小雅，实际是四部分，于是对曰："四诗风雅颂。"辽使自然折服。

由此可知，要对带有数字的增语对联是何等困难。再看方志敏联用"有三爱"概说"奇书骏马佳山水"；又用"栽四物"包容"青松翠竹白梅兰"，真与苏东坡对句有异曲同工之妙。

自 题

老 舍

报国文章尊李杜；

攘夷大义著春秋。

◆ **注 释**

老舍（1899—1966年）：原名舒庆春，字舍予，满族，北京人。现代小说家、戏剧家、人民艺术家。曾任中国文联副主席、中国作家协会副主席、北京市文联主席等职。代表作有小说《骆驼祥子》《四世同堂》、话剧《龙须沟》《茶馆》等。此联为作者于抗日战争时期所撰。

解 析

上联是说要写像爱国诗人李白、杜甫那样的诗文来报效国家。"尊"，尊崇、仿效。"李杜"，李白和杜甫。

李白，唐代伟大爱国诗人，素有"济苍生""安社稷"的大志，其诗歌博大精深，或抒发抱负，或抨击权贵，或蔑视礼教，或揭露时弊，或歌颂祖国悠久历史，或描绘壮丽山川景物，无不表现出强烈的爱国主义精神。有"诗仙"之誉。

杜甫素怀"致君尧舜上，再使风俗淳"（《奉赠韦左丞丈二十二韵》）的政治理想，是我国历史上伟大的现实主义诗人，有"诗圣"之称。他的诗歌具有极丰富的社会内容、鲜明的时代色彩和强烈的政治倾向，充溢着热爱祖国、关爱人民的崇高精神，自唐代以来被公认为"诗史"。因而，上联深切表达了作者的崇高境界和远大抱负。

下联说要像孔子那样，以著史书《春秋》的严肃态度，来写抗击外夷（日本帝国主义）侵略的史书，

"攘（rǎng）夷"，指抗击外族入侵。《诗经·小雅·车攻序》："宣王能内修政事，外攘夷狄。"

"大义"，正道、大原则、大道理。

"春秋"，编年体史书名，相传为孔子据鲁史修订而成，极为严谨，于叙史中"寓褒贬，别善恶"（《三字经》），故有"荣于华衮，乃《春秋》一字之褒；严于斧钺，乃《春秋》一字之贬"之说（《幼学琼林·文事》）。

下联"大义著春秋"句，表明作者为学严谨认真的态度。

此联文字简约，语言流畅，用典不僻，但意蕴深远，爱国心声充溢于字里行间。文章报国，大义攘夷，令人高山仰止。

寿挽红白 颂德旌功

挽葛云飞

潘世恩

忠孝两难全，看碧血淋漓，犹留半额头颅见阿母；

英雄真不死，抱丹心冥殁，总是十分肝胆报君王。

◆ **注　释**

1. 潘世恩（1769—1854年）：字槐堂，号芝轩，江苏吴县（今苏州）人。清乾隆五十八年（1793年）状元，历任礼部、兵部、户部、吏部侍郎，军机大臣，武英殿大学士。谥文恭，有《思补斋诗集》等。

2. 葛云飞（1789—1841年）：字鹏起，又字雨田，浙江山阴（今绍兴）人。清道光朝武进士。道光十九年（1839年）任浙江定海镇总兵，当年在家为故去的亲人守孝，1840年英军攻陷定海，他复出任原职抗英。1841年9月，英军再犯定海时，他与处州镇总兵郑国鸿、寿春镇总兵王锡朋协力抗敌，血战六昼夜，郑、王牺牲后，他率兵冲入敌阵，短兵相接，受伤40余处，最后中炮牺牲。谥壮节。有《浙海险要图说》及诗文等凡数十卷。

上联写葛云飞英勇牺牲、壮烈传奇的事迹。

"碧血",称忠臣烈士所流之血。《庄子·外物》:"苌弘死于蜀,藏其血,三年而化为碧。"碧,玉也。

"半额头颅",葛云飞殉难后,有一名叫徐保的义勇之士,于夜里去收敛其尸。走竹山门,雨停月出,看到其尸面部只剩一半,身立于崖石下,手中还握着刀不放松,左边一只眼睛依然炯炯有神。徐保想背他走,却背不起来。于是跪拜并祝询说:"要不要回去见太夫人(阿母)?"说完,果然背起来,乘夜色泛舟而归。其母见后,说:"这就是我的儿子啊!"从此传奇中,可以说葛云飞尽忠了,也尽孝了。

下联称颂葛云飞丹心赤胆报效国家,其爱国精神永垂不朽。

"冥殁",指死亡。

此联是语不生,字不奇,但字里行间却充溢着对爱国将领的深情缅怀和热情歌颂。清沈德潜《说诗晬语》曰:"平字见奇,常字见险,陈字见新,朴字见色。"此联可当之。

挽关天培

林则徐

六载固金汤，问何人忽坏长城，孤注竟教躬尽瘁；
双忠同坎壈，闻异类亦钦伟节，归魂相送面如生。

◆ 注 释

1. 林则徐（1785—1850 年）：字少穆，福建侯官（今福州）人，近代爱国思想家、民族英雄（事迹见本书梁章钜《赠林则徐》）。此联是他于清道光二十一年（1841 年）二月在广州为挽在鸦片战争中抗英壮烈牺牲的将领关天培所撰，后镌刻于江苏淮安关忠节公祠。

2. 关天培（1781—1841 年）：字仲因，号滋圃，江苏淮安人，清末著名抗英将领。道光十四年（1834 年）任广东水师提督，支持林则徐禁烟，积极操练水师，修筑炮台，曾多次击退英国侵略军的进攻。道光二十一年（1841 年）二月英军进攻虎门时，他在靖远炮台孤军奋战，壮烈牺牲，时年 60 岁。其遗骨由部将送回故居埋葬，并建祠以祀，谥忠节。

【解 析】

上联歌颂关天培誓死卫国的不朽功绩，鞭挞投降卖国者的罪恶行径。

"六载"，指关天培自道光十四年任广东水师提督起至道光二十一年壮烈牺牲的六年时间。

"金汤"，即"金城汤池"，形容城池险固。

"何人"，以发问方式暗指投降派琦善之流以及重用投降派、排挤抗英派的道光皇帝。

"长城"，指可资倚重的人或坚不可摧的力量。

"孤注"，本指赌博之孤注一掷，也喻孤军对敌。

"鞠尽瘁"，典出诸葛亮《后出师表》："臣鞠躬尽瘁，死而后已。"

上联大意是说，六年来，关天培操练水军，建筑炮台，使海防固若金汤；可是谁忽然间毁坏了他苦心构筑的坚固防线，致使他孤军作战，而鞠躬尽瘁，壮烈牺牲？

下联以与关天培同时阵亡的参将麦廷章为烘托，以敌人事后的钦赞为反照，进一步崇仰他的忠勇和昂然气节。

"双忠"，指关天培和麦廷章两位忠烈。

"坎壈"（kǎn lǎn）"，困顿而不得志。原作"坎廪"，《楚辞·九辩》："坎廪兮，贫士失职而志不平。"

联语主要指关、麦两位将领率部奋勇杀敌，却得不到两广总督琦善发兵支援，而陷入极端困难境地，最终同时殉国，故曰"同坎壈"。

"异类"，对英国侵略军的蔑称。

"面如生"，据载，天培殉国后，尸半身已焦，而仍不倒，两目圆睁，恍如生前。

　　下联大意是说，关、麦两位忠勇之士，一同遭受极端险恶的绝境而殉国，致使敌人听后也钦赞他们的高尚气节。他们虽然魂归天国，但其凛凛英姿恍如生前一样令人敬畏。

　　此联感情真挚、炽烈，立意不凡。"问何人"与"闻异类"两句，弦外有音，旨深意远。全联结构严谨，用语妥帖，对仗工稳，音韵铿锵。

赠林则徐

梁章钜

帝倚以为股肱耳目；
民望之若父母神明。

◆ **注 释**

　　梁章钜（1775—1849 年）：字茝（zhǐ）邻、芷邻，又字
闳中，晚号退庵，福建长乐人，后迁福州。嘉庆朝进士，官至
五任江苏巡抚，兼署两江总督。晚年因病辞官，闲居家中，专
事著述。所著宏丰，熟经史，谙掌故，有《称谓录》《浪迹丛
谈》《制艺丛话》《归田琐记》《退庵随笔》《楹联丛话》等。其
《楹联丛话》至《续话》《三话》《剩话》《巧对录》，形成联话
系列著作，开创联话文体，在我国对联史上有重要地位和影
响。此联是其赠林则徐联可查考的两副中较短的一副。

解 析

上联称颂林则徐乃国家所依赖的重臣。

"以"，虚字实用，作代词，作"此"或"他"解。

"股肱（gōng）"，俗称大腿和胳膊。比喻帝王左右辅佐之大臣。

"耳目"，俗称耳朵和眼睛，也比喻帝王左右辅佐或亲近信任

的人。

下联赞扬林则徐是人民的父母官和保护神。

当然，在今天人民当家作主的时代，任何官员都是人民公仆，不能再称为父母官和保护神；而在封建社会，人民视为父母官和保护神者，则是对忠贞爱国、体恤民情官员的赞誉。

此联立意剪裁精当而贴切，言简意赅，恰到好处地概括了林则徐为国为民、呕心沥血、殚精竭虑的一生。

贺陶澍五十寿

潘曾沂

能文翰林，能言御史，能任封疆赞翊圣化，有真经济才，公论出朝士口；

为国运筹，为民兴利，为我乡里表彰贤达，得大光明寿，妙法现宰官身。

◆ **注　释**

1. 潘曾沂（1792—1852年）：字功甫，自号小浮山人、复生居士，江苏吴县人。清嘉庆二十一年（1816年）举人，随后以例得内阁中书，道光元年（1821年）赴任，四年即假归不仕。著有《功甫小集》《小浮山人年谱》。

2. 陶澍（1779—1839年）：字子霖，号云汀，湖南安化人。清嘉庆七年（1802年）进士，授翰林院编修，后升任监察御史，累官至两江总督，并兼管盐政。道光八年（1828年）陶澍五十大寿，正在两江总督任上，潘曾沂撰书此联为其祝寿。

【**解　析**】

上联写陶澍有经世济民之才，能胜任各种职务。

"翰林"，犹文苑，也指翰林学士、翰林院，清代翰林院掌修

寿挽红白　颂德旌功

国史、进讲经史以及草拟典礼的文件等。"能文",方能胜任其职。

"御史",本为史官,秦以后置御史大夫,职位仅次于丞相,主管弹劾、纠察官员过失。只有能言,或敢言、善言,方称其职。

"封疆",疆界、疆域,明清时称总督、巡抚为封疆大吏。

"赞翊(yì)",辅佐、辅助。

"圣化",圣贤之教化。

"经济才",经世济民之才。

"朝士",朝廷文武之士。

上联大意是说,陶澍任翰林院编修时能写文章;做监察御史时敢于直言进谏;现当上两江总督,又能辅佐皇上施行圣贤之教化,确是经世济民的大才,并说这不是我恭维,而是满朝文武一致的公论。

下联称赞陶澍为国为民为乡里所做诸多好事,因而能得到菩萨的点化而健康长寿。

"妙法",佛教语,意为佛教之法微妙至上。

"宰官",又称官宰,泛指官员。史载,陶澍任职期间,确实为国为民做了不少好事,如在安徽救荒治淮;在江苏疏浚吴淞江、浏河以宣泄太湖之水;于漕运首开海运;于淮盐施行票引兼行之法以治理盐政,确实表现出经世济民之才。

所以这下联大意说,他能尽心为国家出谋划策,竭力为民众兴利除弊,多方为家乡表彰荐举贤达之人,因而一定能享受光明正大的高寿,看来这一定是菩萨妙法点化才出现的官吏之身。联语最后归到祝寿,点题。

此联以祝寿的语言赞颂和描绘了一位为国为民办实事的能臣,表现出彰贤显能、扶正祛邪的爱国精神。

挽张际亮

何绍基

是骨肉同年，诗订闽江，酒倾燕市；
真血性男子，生依石甫，死傍椒山。

◆ **注 释**

1. 何绍基（1799—1873 年）：字子贞，号东洲，晚号蝯叟，道州（今湖南道县）人。

2. 张际亮（1799—1843 年）：字亨甫，福建建宁县人。出身贫苦，富有爱国心，讲究品格，与庸俗士大夫格格不入，敢于指斥权贵，被视为狂士，一生未做官。他写诗万余首，是道光年间杰出诗人。后因申雪好友冤狱，带病奔走，劳瘁而死。有《松寥山人诗集》。此联正是何绍基为挽张际亮而作。

解 析

上联写张际亮与好友姚莹亲同骨肉的情谊。

姚莹（1785—1853 年）字石甫，号东溟、展和，晚号幸翁，安徽桐城县（今桐城市）人。鸦片战争期间任台湾道台，会同总兵达洪阿率军民奋力抵抗侵台英军，后被投降派诬陷贬官四川。官至广西、湖南按察使（省司法和监察长官）。系张际亮好友。

"同年"，含义一为相等，二为同岁，三为同科（科举考试同届考中者）。此指"相等"之义，说他们之间友情如同骨肉一样。

"闽江"，福建的代称。张为福建人，姚在福建为官，经常在一起论诗，故说"诗订闽江"。

"燕市"，即北京。张为友人申冤时，曾寓京城，姚也在京与其畅饮，故说"酒倾燕市"。

下联称赞张际亮是一位真正的血性男子。

作者特别以"生依"和"死傍"两个不同朝代的名人加以佐证。

"石甫"，即姚莹字，他任台湾道时，张跟从前往；姚因禁烟事被投降派琦善诬陷入狱，张亦被牵连为囚，后事解乃释，故说"生依石甫"。

"椒山"，即明代杨继盛（1516—1555年），字仲芳，号椒山，河北容城人。明嘉靖朝进士，官至刑部员外郎，因上疏弹劾奸相严嵩十大罪状而下狱被杀。张际亮入京时，曾寓居杨继盛祠，并病死，故曰"死傍椒山"。

此联写法是先总括后具体。总括是一语中的，具体则以典型事例为胜，勾画出一位深怀爱国之心又重义气的真血性男子的光辉形象。

此联用事引典，意蕴浑厚，需细加品味，方能得其真髓。

挽何金寿

黄体芳

清慎勤三字传家，知君宦橐萧然，惟有西台留谏草；
诗书画一朝绝笔，令我征帆到此，不堪东阁吊官梅。

◆ **注　释**

1. 黄体芳（1832—1899年）：字漱兰，号憨山，浙江瑞安人。同治二年（1863年）进士（一说会元），官至兵部左侍郎、左副都御史。敦尚风节，谠直敢言，反对外交上卖国，指斥内政中的腐败。1891年因病乞休，然遇国家大事，认为不对的地方，仍表示愤慨。工楷书。著述多不存稿，后人缀拾仅有《江南征书文牍》《司铎箴言》《漱兰诗葺》等3种。

2. 何金寿（？—1882年）：字铁生，湖北武昌人，工诗文、善书画，同治九年（1870年）提督河南学政，光绪五年（1879年）授扬州知府。居官清廉，直言敢谏，力主抗俄，后病卒于扬州任上，贫至不能归葬故里。作者撰此联以挽。

📜 **解　析**

上联称颂逝者的高风亮节。

"清慎勤"，即清廉、谨慎、勤勉。语出《三国志·魏书·李通传》裴松之注引晋王隐《晋书》："为官长当清、当慎、当勤，修此三者，何患不治乎？"后多用以为官箴，衙署公门多书此三字为匾额。

"宦橐（tuó）"，即宦囊，指因做官而得到钱财，即今之薪俸。明汤显祖《牡丹亭·训女》："宦囊清苦，也不曾诗书误儒。"

"萧然"，稀疏，虚空。

"西台"，官署名，御史台的通称。

"谏草"，谏书的草稿。

上联大意说，逝者一生以"清慎勤三字传家"，致使家境萧疏冷落，一贫如洗；所留下的只有如西台御史那样弹劾权奸的谏书草稿。

下联表达吊者的沉痛哀情。

"诗书画"，指逝者何金寿工诗文、善书画。

"绝笔"，此指临终遗笔。宋刘克庄《资政清惠陈公哀诗》之一："道山堂上分襟句，岂料今为绝笔诗。"

"征帆"，远行的船。

"东阁"，阁名，指东亭，故址在今四川崇州市东。

"官梅"，官府所种之梅。南朝梁何逊在扬州为官时，官府中有梅，常吟咏其下。后迁洛，仍求再任扬州。杜甫《和裴迪登蜀州东亭送客逢早梅相忆见寄》："东阁官梅动诗兴，还如何逊在扬州。"联语中"官梅"，即用此典。

何金寿与何逊同姓，又卒在扬州任上，所以用此典甚切。

下联是说，擅于诗书画的何金寿，从今以后再也不能吟诗、作书、绘画了，我从远方专程来此凭吊，忆起东阁官梅之事，看到您病卒于扬州任上，这种悲痛怎么能让人承受得起？

此联对仗工整，用典贴切，尤其是"唯有西台留谏草"对"不堪东阁吊官梅"，可谓妙合无痕。既称颂了逝者清廉、敢谏的高风亮节，又表达了吊者的沉痛哀情。

二寿李懋吾六十一初度

吴恭亨

肯屈洪宪皇帝之威？舌不能柔，头原可断；
似惊澹庵先生犹在，懦真与立，寿自无疆。

◆ 注　释

1. 吴恭亨（1857—1937年）：字悔晦，湖南慈利（今张家界市慈利县）人。一生以教读、游幕为业，近现代古文家、诗人、楹联家，辛亥革命时期参加进步文学团体南社。有《悔晦堂丛书》《对联话》等。

2. 李懋吾：名执中，湖南石门县人。清末光绪朝举人，民国元年（1912年）加入国民党，民国二年（1913年）当选众议院议员。1913年"二次革命"失败后，袁世凯解散国会，清洗参众两院中的国民党员，李懋吾因到处演讲，激烈反对而遭受袁世凯通缉，逃亡日本。1916年袁世凯窃国称帝后，为笼络人心，解除党禁，凡以前被通缉的议员，只要自白认错，皆予免议。李懋吾亲友代他上书自白，闻讯，自日本驰电，谓"自白系出他力，己实不闻知"，表示决不屈服于袁世凯的威逼利诱。人皆以铮铮铁汉子称许之。1916年6月袁世凯死，李懋吾归国，几经周折回到湖南。民国十年（1921年）农历十月初三，他在郴州过61岁生日。吴恭亨出于"与李雅故（旧友）"之由，遂撰 4 联以贺，此为其中的第二副，因称"二寿"。"初度"，即诞辰、生日。

上联称颂李懋吾刚烈不阿、不肯屈从于袁世凯淫威的凛然正气。

"洪宪皇帝"，指改年号为"洪宪"的袁世凯。

"舌不能柔"，指李懋吾像唐朝颜杲卿痛骂安禄山反叛一样，宁可被割舌头，也不能舌弱不骂贼。

"头原可断"，指李懋吾像三国时巴郡太守严颜一样，被张飞打败生擒后，宁可头断也不投降。

下联赞扬李懋吾犹如宋代爱国名臣澹庵先生那样，具有不屈不挠的斗争精神和能使顽廉懦立的感化力量。

"澹庵先生"，即南宋胡铨。胡铨（1102—1180 年），字邦衡，号澹庵，江西庐陵（今江西吉安）人。宋高宗建炎进士，任枢密院编修官。一生力主抗金，反对议和。绍兴八年（1138 年），胡铨上疏高宗请斩议和派秦桧、王伦、孙近三人，并羁留金使，被贬为福州签判。后议和成，议和派诬其上疏为妄言，予以除名，押送所州（今广东新兴）编管，又因他写《好事近》词中有"豺狼当辙"句，被远徙吉阳军（今海南岛南部）。秦桧死后，宋孝宗起用为国史院编修、权兵部侍郎等职，以资政殿学士致仕（退休）。胡澹庵一生累遭贬谪，但屡言抗金，其不屈不挠的斗争精神，被历代称颂。

"懦真与立"，语出《孟子·万章下》："故闻伯夷之风者，顽

寿挽红白　颂德旌功

157

夫廉，懦夫有立志。""顽夫廉"，意为贪得无厌的人变得清廉；"懦夫有立志"，懦弱的人自立，立志自强。此二句后成为成语"顽廉懦立"，以谓感化力量之大。

联语用此典是说李燮吾的精神犹如澹庵（南宋胡铨）先生还在世一样，能使顽廉懦立，感化激励更多的人。

下联几句串起来大意为，您反对袁世凯倒行逆施，就是当今的澹庵先生，您敢于和卖国投降者斗争的精神感化教育了人们，所以您这样的爱国勇士自然是应当永生的。

祝寿之联，一般为应酬之作，但此联却可作为一篇史传来读。读之令人遐思，催人奋起。

挽戊戌六君子

康有为

殷干酷刑，宋岳枉戮，臣本无恨，君亦何尤，当效正学先生，启口问成王安在？

汉室党锢，晋代清谈，振古已斯，于今为烈，恰如子胥相国，悬睛看越寇飞来。

◆ **注　释**

1. 康有为（1858—1927年）：原名祖诒，字广厦，号长素，又号更生，广东南海县人，光绪二十一年（1895年）进士，晚清资产阶级改良主义的思想家，戊戌变法的首领。孙中山领导的资产阶级革命运动兴起，他转为保皇派。著有《新学伪经考》《孔子改制考》《大同书》等，近人编有《南海先生全集》。

2. 戊戌六君子：指在戊戌变法失败后被捕杀的谭嗣同、林旭、杨锐、刘光第、杨深秀、康广仁（康有为之弟）6位志士。光绪二十四年（1898年）戊戌四月二十三日（公历6月11日），光绪帝采纳康、梁等人的主张，下令变法，在经济、政治、文教上实行一系列冲破清朝禁例的有利于资本主义发展的措施，史称"戊戌变法"。同年八月六日（公历9月21日），慈禧太后发动政变，幽禁光绪皇帝，旋即捕杀通缉维新人士，首先捕杀的即戊戌六君子，此事史称"戊戌政变"。此联是康有为在变法失败逃亡日本后，闻知6位义士被害，撰写以示悼念的。

解 析

上联以历史上3位蒙冤被害的名人为例，揭露以慈禧为首的后党扼杀变法维新的罪行，悼念被害义士。

"殷干酷刑"，指殷代末年贤相比干因屡次劝谏无道的纣王而被剖心致死事。

"宋岳枉戮"，指宋代民族英雄岳飞因坚持抗金而被奸相秦桧以"莫须有"罪名冤杀事。

"正学先生""启口问成王安在"，指明忠臣方孝孺抵制燕王朱棣篡权而被冤杀之事。

方孝孺（1357—1402年），字希直，又字希古，明翰林侍讲学士，以"明王道致太平"为己任，名书房为"正学"，被学者称为"正学先生"。据《明史》记载，皇太孙朱允炆继承皇位后（即建文帝），朱元璋第四子燕王朱棣（即永乐帝）图谋篡位，于建文三年（1401年）举兵南下攻占京师南京，迫使建文帝自焚而死，执方孝孺下狱。燕王朱棣召方孝孺为他起草登极诏书，孝孺哭而不从，燕王朱棣对他说："先生不要自寻苦吃，我是仿效周公辅佐成王而已。"意指他进兵帝都南京是仿效周公辅佐侄子成王继承武王王位的。方孝孺问："成王安在？"意指你所要辅佐的建文帝在哪里，燕王答："他自焚死了。"方孝孺听后投笔于地道："死就死吧，

160

诏不可草!"于是被车裂而死,并被灭十族(九族又加其学生)共计847人。

联语中"问成王安在",意思是向慈禧斥问光绪帝何在。

总体来说,上联大意是,6位变法义士像历史上比干、岳飞一样被冤杀,做到杀身成仁,本无遗恨,但光绪皇帝有何过错而被囚禁?应当像正学先生那样斥问专权者慈禧"皇帝何在",申讨后党罪行。

下联又以历史上三件著名的事件和其中一位忠贞之士被冤杀的事实,再次抨击以慈禧为首的后党罪行,指明其必将招致灭顶之灾的命运。

"汉室党锢",据《后汉书·党锢传》记载,东汉桓帝时宦官专政,士大夫李膺等联合太学生郭泰等猛烈抨击宦官。宦官诬告他们结为朋党,诽谤朝廷,使200余人被捕,禁锢终身,不得为官。灵帝时,膺等复起用,与大将窦武谋诛宦官。事败,膺父子等百余人被杀,陆续被处死、流徙、囚禁者六七百人,史称"党锢"。后以"党锢"泛指禁止党人任官并限制其活动。

"晋代清谈","清谈"又称"清言""玄言""玄谈""谈玄",指晋代一部分士大夫崇尚虚无、空谈玄理、不问世务的一种风气,致使世风日下、国势日衰。

"振古已斯",自古已是这样。

"恰如"两句,事见本书程云俶《题杭州吴山伍子胥庙》。

下联大意是说,戊戌政变后,以慈禧为首的后党专制造成了党锢、清谈误国的局势,变法维新的义士即使被冤杀,仍像伍子胥死后悬睛国门,看着敌人打来。果然而言中,仅隔两年,就发生了八国联军侵略中国事件；再后十来年，清王朝就覆灭了。

此联先用从殷代至明代 2400 余年间的 6 个历史典故，列古论今，极为准确地表达了对以慈禧为首的后党腐朽残暴的愤慨，对六君子崇高爱国气节的崇敬、怀念和哀痛，既有对历史经验的总结，也有对国家命运的关切，读之，感人至深。

挽黄兴

孙中山

常恨随陆无武，绛灌无文，纵九等论交到古人，此才不易；
试问夷惠谁贤，彭殇谁寿，只十载同盟有今日，后死何堪。

◆ 注 释

1. 此联是孙中山于 1916 年黄兴逝世时写的挽联。

2. 黄兴（1874—1916 年）：原名轸，字廑午，又字克强，湖南
   善化（今长沙）人。近代民主革命家。1902 年赴日本留学，
   1904 年和陈天华、宋教仁在长沙组织华兴会，次年在日本
   协助孙中山创立中国同盟会，任执行部庶务。1907 年起，
   参与或指挥多次国内起义。1911 年与赵声一起领导广州起
   义（黄花岗之役），率敢死队进攻总督署。1911 年武昌起义
   后，被推为湘鄂革命军战时总司令，后被推为副元帅。1912
   年南京临时政府成立，任陆军总长。1913 年 7 月任讨袁军
   总司令，失败后流亡日本。1916 年袁世凯死后回到上海，因
   积劳成疾病逝，年仅 42 岁。孙中山悲痛欲绝，领衔组成治
   丧委员会，并署名发布讣告："黄克强先生自创同盟会以来，
   与文同事奔走，艰难迄于今日。……以克强盛年，禀赋素
   厚，虽此次讨贼未得比肩致力，而提携奋斗，尚冀诸异日。
   遽此凋谢，为国为友，悼伤百端！"并撰此蕴厚词古、情深

意笃的挽联以示痛悼。

解 析

上联以西汉著名谋臣随（何）、陆（贾）和杰出武将绛（绛侯周勃）、灌（婴）为衬，歌颂黄兴是兼有文武的难得之才。

"随陆无武"，说随何、陆贾两人都是汉高祖刘邦谋臣，但只懂文事，不懂军事。

"绛灌无文"，说绛侯周勃、颍阴侯灌婴两人皆为汉高祖刘邦开国功臣，唯懂武事，不谙文事。

语出《晋书·刘元海载记》：元海幼好学，曾叹道："吾每观书传，常鄙随何无武，绛灌无文。道由人弘，一物之不知者，固君子之所耻也。"联语本此，极赞黄兴之文武兼备。

"九等论交"，《汉书·古今人表》分古今人为九等，即上上、上中、上下、中上、中中、中下、下上、下中、下下。后以"九等"指各种人才。

联语以"九等论交到古人"，说黄兴也当居上上等，故说"此才不易"。

下联以"夷惠谁贤，彭殇谁寿"启问，赞黄兴具古贤人之贤，哀黄兴未达到如彭祖之高寿，而如殇子之早殁，表达了对逝者无比悲痛之情。

"夷惠谁贤"，夷，是伯夷，商代孤竹君长子，孤竹君本以次子叔齐为继承人，当孤竹君死后叔齐让位于伯夷，而伯夷不受；当周武王伐商时，伯夷又极力反对，逃到首阳山不食周粟而死。孟子称伯夷是圣人中清高的人，唐代韩愈作《伯夷颂》歌颂其贤。惠，是柳下惠，春秋鲁国人，姓展，名获，字禽，食邑在柳下，谥惠，故称"柳下惠"。于臧文仲执政时任士师（司寇属下掌禁令、狱讼、刑罪之官），以守礼著称。孟子称其为"圣之和者"。

"谁贤"，联语似隐含这样一层意思，即建同盟会之初孙黄之间颇有不同意见；讨袁之时，黄对袁尚存幻想，故讣告有"虽此次讨贼未得比肩致力"之词。不过，联语笔锋一转，"只十载同盟有今日"，似谓仅十多年的战友就有今日早逝，不当有所抑扬褒贬。

"彭殇谁寿"，彭，指彭祖，上古部族首领颛顼之孙。殇，未成年而亡。此句意思是，黄兴虽以42岁英年早逝，但其英烈长存，也像彭祖高寿一样。

"后死何堪"，表示生者的悲痛达到了不能忍受的程度。

此联几乎句句用典，且能以虚衬实，突出主旨，手法老到。用词多有权衡，极有分寸，谁贤，谁寿，寄意遥深。上下联结语，一为称颂，一为哀悼，深得挽联之道。若论定黄兴为九等上上之人，此联亦当属上上之作。

挽梁启超

杨　度

事业本寻常，胜固欣然，败亦可喜；
文章久零落，人皆欲杀，我独怜才。

◇　**注　释**

　　杨度（1875—1931 年）：字皙子，湖南湘潭人。近代文学家、社会活动家。早年主张君主立宪，曾参与袁世凯复辟帝制活动。五四运动后，逐渐接受革命思想，积极赞助国民革命军的北伐，并竭力营救中共领导人李大钊。晚年经周恩来介绍加入中国共产党，在白色恐怖下坚持党的工作。

〖**解　析**〗

　　此联撰于 1929 年 2 月，悼念刚刚去世的梁启超。
　　上联写梁启超的事业，以"寻常"称之。
　　梁启超一生之事业，起起伏伏，左左右右，其实并不寻常，之所以称以"寻常"二字，在于：一则梁启超原是一位变法维新者，后又成为保皇派；先是拥护袁世凯，后袁称帝，又策动讨袁。这样反反复复，在作者看来，乃属凡夫俗子之行，而非政治活动家所应有，故以"寻常"二字贬抑之。二则梁启超一些举动，如策动反袁，与作者当时的拥袁立场与主张颇不合，故也以"寻常"二字称之。

"胜固欣然，败亦可喜"，语出苏东坡诗《观棋》："胜固欣然，败亦可喜。"意谓梁任公事业，犹如棋局，胜当然可喜，败也不足为悲，进一步说明其"寻常"。从联语本身看，逻辑严密，照应得体。

下联叙梁启超的文才，以"独怜"许之。

梁任公之文章，尤其是他所创造的"新民体"，使散文从僵死的八股中解放出来，成为五四白话文运动的先导，当可称许。但由于政治与社会的种种原因，却受到轻视和冷遇，故谓"久零落"，甚至还遭到顽固派的激烈反对和斥责，"人皆欲杀"之。但联语作者与梁任公私谊颇深，对梁之文才，深以为然，故云"我独怜才"。

"人皆欲杀，我独怜才"，化用杜甫怀念李白的《不见》诗句："不见李生久，佯狂真可哀。世人皆欲杀，吾意独怜才。"作者将梁启超在文坛上的遭遇比之李白，颇有独到之见，可谓知人也。

此联袒露胸襟，既不夸饰，也不隐秘，这在挽联中颇属罕见，独具一格。据说，在挽梁的众多联语中，这是唯一不进称颂之言的一副。在上联中甚至颇带贬抑，所以特别引人注目。

本联作者杨度与梁启超的一生都具有褒贬不一的传奇色彩。联即人，人即联，联人合一，是此联最显著的特点。

挽 母

秋 瑾

树欲宁而风不静，子欲养而亲不待，奉母百年岂足？
哀哉数朝卧病，何意撒手竟长逝，只享春秋六二；

爱我国矣志未酬，育我身矣恩未报，愧我七尺微躯！
幸也他日流芳，应是慈容无再见，难寻瑶岛三千。

◆ **注 释**

　　秋瑾（1875—1907 年）：字璿（xuán）卿，号竞雄，自号鉴湖女侠，浙江山阴（今绍兴）人。中国妇女解放运动先行者，民主革命女英雄。奉父母之命，嫁一官僚子弟，婚后居于北京。因感于民族危机，立志革命。1904 年夏，她冲破封建家庭的束缚，自筹旅费，只身赴日本留学，次年经黄兴介绍，会见孙中山，加入同盟会。1906 年 3 月归国进行革命活动，创办《中国女报》，主持绍兴大通学堂。1907 年组织光复军，配合徐锡麟起义。徐锡麟在安徽安庆起义失败被害，秋瑾被人告密，在绍兴被捕壮烈殉难，年仅 32 岁。有《秋瑾集》。

◆ **解 析**

　　此联写于 1906 年，当时秋瑾在上海办《中国女报》，闻母丧，旋回故里，作此联哀挽。

上联哀悼母亲过早去世，抒发自己未能尽孝而越发加深的沉痛之情。

联语开头两句取意于《韩诗外传》卷九："孔子适齐，中路闻哭声甚哀。至则皋鱼（孔子学生）也，被褐捶胸，哭于道左。孔子下车而问故，对曰：'夫树欲静而风不息，子欲养而亲不待，往而不可返者，年也；去而不可追者，亲也。吾于此辞矣。'哭泣而死。"

据说，秋瑾对母亲十分孝顺，留日期间，曾利用寒假专程回国探望年老多病的母亲，但她胸怀救国大志，又不得不重赴日本，投身于革命运动。忠孝不能两全，使她倍感哀伤。

下联痛陈自己壮志未酬、亲恩未报的抱憾之心，寄希望于他日革命胜利，以慰藉远在仙岛的慈母灵魂。

"爱我国矣志未酬"，秋瑾一生深爱祖国，面对腐败专制的清廷，曾写下诸多如"拼将十万头颅血，须把乾坤力挽回"等诗篇以明志，但当时尚处在民主革命准备阶段，故曰"志未酬"。她至孝，本想革命成功后归奉亲恩，不期母亲只享年 62 岁，而未能如愿，故曰"愧"。

"瑶岛"，传说中神仙所居之处，旧时挽女联常用此词代指人灵魂的归宿。

"三千"，喻指遥远。

"流芳"，指革命胜利，意思说寄希望于革命胜利吧，但母亲在遥远之处，难以找到了。

此挽联与众不同之处在于，将发哀思与抒壮志结合，十分切合作为女儿和革命家的双重身份。

　　对仗工稳，上下联前半部为自对，后半部为互对。其中"足"与"躯"为借义对。用典也甚为贴切。全联把自己想侍奉慈母又不得不离开慈母的忠孝不能两全的矛盾心情，表达得淋漓尽致，感人至深。

挽孙中山

李大钊

　　广东是现代思潮汇注之区，自明季迄于今兹，汉种孑遗，外邦通市，乃至太平崛起，类皆孕育萌兴于斯乡。先生挺立其间，砥柱于革命中流，启后承先，涤新淘旧。扬民族大义，决将再造乾坤。四十余年，殚心瘁力，誓以青天白日，红血红旌，唤起自由独立之精神，要为人间留正气；

　　中华为世界列强竞争所在，由泰西以至日本，政治掠取，经济侵凌，甚至共管阴谋，争思奴隶牛马尔家国。吾党适丁此会，丧失我建国山斗，云凄海咽，地黯天愁。问继起何人，毅然重整旗鼓。亿兆有众，惟工与农，须本三民五权群策群力，遵依牺牲奋斗诸遗训，厥成大业慰英灵。

◆ **注 释**

1. 李大钊（1889—1927年）：字守常，河北乐亭人。中国最早的马克思主义者，中国共产党创始人之一，新文化运动和五四爱国运动的直接组织者和领导者，为中国早期马克思主义的传播和中国共产党的创建建立了不朽功勋。1927年4月在北京被军阀张作霖逮捕，英勇就义。

2. 1925年孙中山北上北京，积劳成疾，不治仙逝。李大钊同志惊闻噩耗，挥如椽巨笔，写下这副长达214字的挽联。

　　上联就广东所处的特殊人文环境，着重说明孙先生承先启后的不平凡革命事迹，凸显其杰出历史功勋。

　　可分三层解读：

　　从上联开头至"类皆孕育萌兴于斯乡"为第一层。说明孙先生故乡广东非同一般，有特殊人文环境。"明季"，明代末年；"今兹"，今天；"类"，各类，此指各种思潮。其特殊在于：一为汉民族传统残存之地，即所谓"汉种孑遗"也。"汉种"，汉族，此指汉族传统。"孑遗"，残存。《诗经·大雅·云汉》："周余黎民，靡有孑遗。"二为外商云集之区，即所谓"外邦通市"也。三为革命军兴起之域，即所谓"太平崛起"也。"太平"，此指1851年至1864年太平天国革命运动。此第一层，高屋建瓴，为下文蓄势，起始不凡。

　　"先生挺立其间"至"决将再造乾坤"为第二层。突出孙先生的崇高形象以及其承先启后的革命贡献。"挺立""砥柱"状其崇高形象；"扬大义""再造乾坤"，赋其奋斗目标。

　　"四十余年"至"要为人间留正气"，为第三层，歌颂孙先生毕生功绩。"殚心瘁力"，即竭尽心力，为孙先生一生不辞辛劳、屡克险阻的写照。殚，尽也。《孙子》："力屈财殚。"瘁，劳累也。《诗经·小雅·北山》："或燕燕居息，或尽瘁事国。""青天白日红血红旌"，即"青天白日满地红"的中华民国国旗图案和色彩。"自由独立之精神"，即孙先生一生为之奋斗的反对封建专制、反对帝国主义，建立民主共和的革命理想。"留正气"，即要为后人留下刚正浩然之气。文天祥《正气歌》："天地有正气……于人曰浩然，沛乎塞苍冥。"

下联就中华民族当时所处态势，极写孙先生逝世是中国民主革命的巨大损失，并表示将继承遗志，完成未竟之功业。

亦可分为三层来解读：

由下联开头至"争思奴隶牛马尔家国"为第一层，概举世界列强对中华民族政治、经济、思想文化的侵略，说明中华民族所处的危殆形势。"泰西"，泰山以西，极西之意。此指西方（主要是欧美）国家。"共管"，帝国主义国家勾结起来企图共同统治中国的阴谋，实际上是欲瓜分中国。此层从大势着笔，为痛悼孙先生逝世，作了厚重的铺垫。

"吾党适丁此会"至"毅然重整旗鼓"为第二层，痛切哀悼孙先生逝世是中国革命难以弥补的巨大损失。"吾党"，此指中国国民党。李大钊虽是共产党领袖，但在 1924 年孙先生所主持的中国国民党全国代表大会上，他和毛泽东等成为国民党中央执委，故称"吾党"。"适丁此会"，意为正处于民族危殆的时候。丁，当，逢遇，《后汉书·岑彭传》："我喜我生，独丁斯时。"会，时候。"山斗"，泰山北斗，喻德高望重或卓有成就而为众所敬仰的人。《新唐书·韩愈传赞》："自愈殁，其言大行，学者仰之如泰山、北斗云。""云凄海咽，地黯天愁"，喻极大的哀恸。"问继起何人"两句，一则说明孙先生崇高伟大，难有他人可超越、替代；二则为下文立誓继承遗志巧设悬念，具有上承下启的转捩作用。

"亿兆有众"至结尾为第三层，表明将依靠工农大众继承遗志，完成未竟功业，以慰英灵。"三民"，指孙先生所提出的民族、民权、民生的三民主义；"五权"，即孙先生所主张的立法、行政、司法、考试、监察的五权分立。三民主义为资产阶级革命纲领；五权分立为国民政府的组织制度。"遗训"，指孙先生留下"必须唤起民众及联合世界上以平等待我之民族共同奋斗"的遗嘱。"厥"，乃，就。《史记》："左丘失明，厥有《国语》。"

孙先生仙逝，震惊全国，震动世界，撰写哀挽联者众。较著名者有刘揆一、章炳麟、李烈钧、蔡元培、杨度、柳亚子、邵力子、于右任等。但能高瞻远瞩，盱衡中外，包举古今，中肯切綮者，非此联莫属。

此挽联长达二百余言，综述近代历史、国际形势、革命理想、治国方略，可谓"前无古人"。作为挽联又能写得哀而不伤，悲而不馁，尤属难能。

就联艺来说，亦有特色。言简意赅，音韵铿锵；对仗既有自对，亦有上下对。其中如"启后承先""涤新淘旧""云凄海咽""地黯天愁""殚心瘁力""惟工与农""青天白日""三民五权""红血红旌""群策群力"以及上、下联结尾两句，"要为人间留正气""厥成大业慰英灵"，均字骈词俪，相当工整。

当然，由于该联为二百余言的长联，又是哀挽之急就章，有些重字无对位之相对。但这些枝节，无伤大雅，仍不失为哀挽类长联之佼佼者。

挽续范亭

毛泽东

为民族解放，为阶级翻身，功业垂成，公胡遽死？
有云水襟怀，有松柏气节，典型顿失，人尽含悲。

◆ **注 释**

续范亭（1893—1947 年）：山西崞县（今定襄）人。早年
参加同盟会。辛亥革命时任山西远征队队长，后任国民军旅
长、国民联军军事政治学校校长等职。1935 年 12 月因痛恨国
民党政府对日本侵略实行不抵抗政策，曾在南京中山陵剖腹明
志，震动全国，获救未死。后逐步接受中国共产党抗日民族统
一战线的主张，回山西推动抗日救亡运动。抗日战争全面爆发
后，历任国民党第二战区民族革命战争战地总动员委员会主任
委员、第二战区保安司令、暂编第一师师长。1939 年晋西事
变后，率部反击阎锡山顽固派，后历任山西新军抗日决死队总
指挥、晋绥边区行署主任、晋绥军区副司令。1945 年被选为
中国人民解放区人民代表会议筹委会副主任委员。1947 年 9
月 12 日在山西临县病逝。中共中央根据他生前志愿，追认他
为中国共产党党员。

寿挽红白　颂德旌功

解 析

上联歌颂续范亭为民族解放——反对帝国主义；为阶级翻身——反对封建主义和官僚资本主义而不懈奋斗的历史功绩，并表达对他在功业接近完成之际而突然逝世的无限悼念之意。

"垂成"，将成。"胡"，疑问代词，"为何"之意。"遽"，急、骤然之义。用"胡""遽"的反问句法，表示痛惜之甚。

下联褒扬续范亭的高尚德行和气节，并抒发对他突然病故的无限哀痛之情。

"云水襟怀"，喻襟怀坦荡；"松柏气节"，喻气节崇高。"典型"二字，更是精练地浓缩了他的革命人生。

他的一生由民主主义者转变为无产阶级战士的过程，充分体现了他的坦荡胸襟和崇高气节，因其骤然病逝，所以"人尽含悲"。

此联突出特点是感情真挚、概括力强、比喻贴切、对仗工整，读之，无不深受感染。

挽马本斋

朱　德

壮志难移，回汉各族模范；
大节不死，母子两代英雄。

◆ **注　释**

1. 朱德（1886—1976年）：字玉阶，四川仪陇人。伟大的无产阶级革命家，中国人民解放军和中华人民共和国缔造者之一。他在戎马生涯中，写了许多诗篇，有《朱德诗选集》出版。他不但能诗，且善联，《挽马本斋》就是他在戎马倥偬中所写众多对联中具有革命历史意义的哀挽联语之一。

2. 马本斋（1901—1944年）：回族，河北献县人。抗日战争爆发后，组织"回民义勇队"，抗击日寇。1938年任冀中回民支队司令，率部转战于冀中和冀鲁豫平原，配合主力部队给日寇以沉重打击。受到冀中军区、中央军委多次嘉奖，称赞他们是一支"攻无不克、无坚不摧、打不垮、拖不烂的铁军"。1942年6月任八路军冀鲁豫军区司令兼回民支队司令。1944年病逝，年仅43岁。朱德同志悲痛地写了这副挽联。

解 析

上联直入主题抒写马本斋为国为民、精忠报国的远大志向，重在"志"字。

"难移"，喻坚定。

"各族模范"，强调其不仅是回族人民优秀儿女，而且是整个中华民族的杰出才俊。这从他先组织"回民义勇队"抗击日寇，到后来毅然率部参加八路军并加入中国共产党，与全国人民并肩奋战，打击日本侵略者，直至积劳而逝的杰出事迹中得到充分的证明。

下联侧重写马本斋的母亲在国难当头的关键历史时刻，坚持民族大义的气节，重在"节"字。

马本斋投入抗击日寇的革命斗争后，日军于1941年8月9日，勾结当地豪绅，拘捕其母亲。马母大义凛然，坚贞不屈，詈贼而死，为国殉难，体现了"富贵不能淫，贫贱不能移，威武不能屈"的崇高气节。

"不死"，虽死犹生，永远活在人民心中。

"两代英雄"，说明"有其母必有其子"，正是由于有此英雄母亲，才能成就其英雄儿子。

全联立意高远，用语朴实，从字面看，对仗亦工整。"难移"对"不死"，"模范"对"英雄"，字骈词俪，天衣无缝。从每句落点看（多字联，一般只计落点平仄），平仄亦合联律。此联可以说是革命的思想内容与完美的艺术形式高度统一之作。

自　挽

熊亨翰

十余载劳苦奔波，秉春秋笔，执教士鞭，仗剑从军，矢忠为党，有志未能伸，此生空热心中血；

一家人悲伤哭泣，求父母恕，劝兄弟忍，温语慰妻，负荷属子，含冤终可白，再世当为天下雄。

◆　注　释

　　熊亨翰（1894—1928 年）：字骥才，湖南桃江大栗港乡人。早年留学日本，五四运动后从事教育工作。1925 年至 1926 年冬春之交，加入中国共产党。是湖南省教育会、湖南反帝大同盟、湖南雪耻会、湖南人民反英讨吴行动委员会等组织的负责人之一。大革命失败后，奔走于湘鄂赣之间，进行党的秘密活动。1928 年 11 月，在武汉鹦鹉洲不幸被捕，后在长沙被害，在就义前他写了这副自挽联。

解·析

　　上联历数自己十多年革命历程，表达了有志未能伸的遗恨。
"春秋笔"，指史家之笔，谨严不苟。史载孔子当年修史书《春秋》时，笔法严谨，在简要文字中"寓褒贬，别善恶"。后将史家之笔称为"春秋笔"。此指熊亨翰为革命所挥洒的翰墨。

"执教士鞭"，指从事教育事业。

"仗剑"，持剑。《史记·淮阴侯列传》："项梁渡淮，信（韩信）仗剑从之。"此指从事军事工作。

"矢忠"，喻无限忠诚，如矢之发，决不回头，坚定不移。

"此生空热心中血"，表达了有志未能伸的遗恨。

下联写临终前给家人留下遗言，抒发了革命必将成功的坚定信念和视死如归的豪迈情怀。

"求父母恕"，恳求双亲宽恕。古人有"父母在，不远游"训言，熊亨翰为了革命而远离父母，而且即要牺牲，不能再侍奉父母，忠孝不能两全，故有"求恕"之说。

"劝兄弟忍"，奉劝家中兄弟要审时度势，以"忍"求伸，因为若"小不忍"，则可能"乱大谋"，尤其是革命处于低潮之时，更要有"忍"性，以等待时机再为他复仇。

"温语慰妻"，即以温存之言，宽慰爱妻。

对儿子是属（同"嘱"）咐。"负荷"，即期望儿子要继承他的遗志，完成其未竟的事业，踏着父亲的血迹为革命斗争到底。

"含冤终可白，再世当为天下雄"，则是熊亨翰对革命充满信心的表现，表达了共产党人的浩然正气和坚定信念。

挽韩国钧

黄克诚

富贵不淫，威武不屈，疾风方知劲草；
仰天无愧，俯人无怍，乱世乃识忠臣。

◆ **注　释**

1. 黄克诚（1902—1986 年）：湖南永兴人，无产阶级革命家、军事家。1925 年加入中国共产党。在第一、二次国内革命战争时期，参加北伐战争、井冈山斗争、长征；抗日战争时期，先后任新四军第三师师长兼政委、苏北军区司令员兼政委、中共苏北区委书记等职。抗日胜利后，奉命率部进军东北，任东北民主联军副司令、东北野战军第二兵团政委等职。新中国成立后，曾任中国人民解放军总参谋长，中央军委秘书长，国防部副部长等职。1955 年被授予大将军衔。

2. 韩国钧（1857—1942 年）：字紫石，晚号止叟，江苏泰州海安镇人，举人出身，著名爱国人士。辛亥革命后，先后任江苏民政长官，安徽巡抚使，山东、江苏省省长等职。后辞职归家经营泰源盐垦公司。1925 年后，多次主持水利工程，任苏北入海水道委员会主任等职。抗日时期，不畏强敌，热心抗战。1940 年 9 月 13 日，驻海安日军山下队长率兵百余到韩住所，逼韩为"中日亲善"效力，韩拒不相从，曰："吾八十老翁，死何足畏。"言罢，即将 1905 年日本天皇所送军刀掷于山下队长面前，要其动手，山下惶恐而退。他的爱国精神和高风亮节被广为传颂。新四军领导人与他多有交往，时任新四军政委的刘少奇曾题言"文（宋文天祥）张（明张煌言）风骨信有征"。

解 析

上联写韩国钧的气节。

"富贵不淫，威武不屈"，语出《孟子·滕文公下》："富贵不能淫，贫贱不能移，威武不能屈，此之谓大丈夫。"意思是说，不能因富贵而乱心，不能为贫贱而改变节操，不能对威武而屈服其志。

"疾风方知劲草"，与下联"乱世乃识忠臣"均出自《旧唐书·萧瑀传》："（唐太宗）赐瑀诗曰：'疾风知劲草，板荡识诚臣。'""疾风"句比喻在艰难困苦的环境中，才能知道一个人是否坚强。与前两句取孟子语合在一起，说韩国钧先生在艰苦的环境中显现出是一位真正有节操的大丈夫。

下联写韩老的爱国忠心。"仰天无愧，俯人无怍"，语出《孟子·尽心上》："仰不愧于天，俯不怍于人。""愧""怍"，"惭愧"之意。两句意思说，无论何时何地，都不会做对不起天、对不起人的事，都会做到问心无愧。

"乱世识忠臣"，即上引"板荡识诚臣"的引述，"板荡"即乱世，指政局动荡、社会不安。下联大意说，韩老一生对天对人都无愧怍，在动乱的岁月才映衬出他是一位忠于祖国、忠于人民的爱国人士。

此联句句有典，然雅俗可赏。知其典者，深其义；不知典者，亦明其言。

杂缀巧构　褒荣笞奸

桃　符

杨　溥

黎庶但教无菜色；
官居何必用桃符。

◆　**注　释**

杨溥（1372—1446 年）：字弘济，湖广石首（今属湖北）人，明建文二年（1400 年）进士，英宗时官至武英殿大学士，与杨士奇、杨荣共辅国政，时称"三杨"。

解　析

"桃符"，即春联，作者居官辅政，于除夕写春联时有感而发，而以此联作春联贴于门上。

"黎庶"，即黎民百姓。

"菜色"，指饥民营养不良，脸如青菜之色。

"官居"，即官府。

"桃符"，指称春联。原意是相传东海度朔山有大桃树，人吃此树上桃能变成神仙。树下有神荼（shēn shū）、郁垒（yù lǜ）二神看守，能食百鬼，故俗于农历元旦，用桃木板画二神于其上，悬于门户，以驱鬼辟邪。南朝梁宗怀《荆楚岁时记》："正月初一……

贴画鸡户上，悬苇索于其上，插桃符其旁，百鬼畏之。"

五代后蜀始于桃符板上书写联语，其后改书于纸，演为后代的春联。贴春联的本意都是祈祷五谷丰登、国泰民安、百姓富庶，但本联则说，只要为官清廉为民，不让百姓受饥饿，那么官府又何必贴春联呢？其实，只要实现民无饥色，贴不贴春联则无关紧要了。

此联用的是流水对。流水对，又称串对，这类对联是将一个内容分成上下联来表达的一种对仗模式，上下联紧相衔接，如流水一泻而下。其特征是单独一句不能完整表达一个意思，只有两句合在一起，意思才能完整。

此联"但教""何必"二词用得极好。"但教"表达了心愿，"何必"语诚务实，反映了作者"国以民为本，民安则国泰"的民本思想。

联虽短，意极深。《自怡轩楹联剩话》卷一说："宰相（指杨溥）心胸可见，且用桃符而云不用桃符，语意亦妙。"的确如此。

施粥厂

朱彝尊

同是肚皮，饱者不知饥者苦；
一般面目，得时休笑失时人。

◆ 注　释

1. 朱彝尊（1629—1709 年）：字锡鬯（chàng），号竹垞，浙江嘉兴人。清康熙十八年（1679 年）应博学宏词科，充《明史》纂修官。为浙西词派创始人，有《经义考》《曝书亭集》等。
2. 粥厂：荒年或隆冬官府施粥以赈济饥民之所。

【解　析】

上联以"饱者不知饥者苦"揭露有些上层人物或富庶人家不能体恤民情，麻木不仁的现象，从而这在一定程度上揭露了清代社会的不平等和不公正的现实。

下联以"得时休笑失时人"劝诫世人尤其是那些一时得势之人不要忘乎所以，自我陶醉。言外之意是"得时"也有"失时"的时候，向世人揭示一个事物发展规律：凡事都有可能向相反的方向转化，为人者都要有这方面的忧患意识，兢兢业业，谨慎不骄。

此联以时语俗语出之，又用反复（两"者"字和两"时"字）和对比（"饱"与"饥"、"得"与"失"）的修辞手法，给人以鲜明深刻的印象，具有很强的感染力和启迪性，表现出对民生的关切。

嘲洪承畴

黄道周

史笔流芳，虽未成名终可法；
洪恩浩荡，不能报国反成仇。

◆ 注　释

　　黄道周（1585—1646 年）：字幼平，号石斋，福建漳浦人。明天启二年（1622 年）进士，南明弘光帝时为礼部尚书。清兵入关，率师抗击，兵败被执，不屈而死，追谥忠端，有《石斋集》等。

【解　析】

　　关于此联之作，《古今滑稽联话》说："黄石斋先生被执拘禁中，洪承畴往视之，先生闭目不视。及洪出，乃奋笔书一联。"是为此联。

　　上联嵌抗清名将史可法之名，表达对民族英雄的敬仰之情。

　　史可法（1602—1645 年），明末抗清名将，民族英雄。明崇祯十七年（1644 年），李自成灭明朝后，史可法在南京拥立福王（弘光帝），被加大学士，史称阁部。马士英等不愿他当国，以督师为名，使守扬州。清睿亲王多尔衮致书诱降，史可法拒绝，坚守孤城。清军南下，扬州城破后自杀未死，为清军所执，不屈被杀，是宁死不屈的爱国志士。联语中"成名"，指史可法虽未成功取胜，但英名将载史册，万古流芳。

下联嵌降清败将洪承畴之名，表达对民族败类的切齿痛恨。

洪承畴（1593—1665年），明末大臣，曾任兵部尚书。崇祯十四年（1641年）率兵与清军在辽东会战，大败，次年被俘降清，后随清军入关，镇压江南抗清义军，杀害抗清义士黄道周、夏完淳等人，是屈膝投降的卖国贼，清史入《贰臣传》。洪承畴曾亲撰书一联悬挂于堂前，曰："君恩深似海，臣节重如山。"以忠节自命。黄道周下联"洪恩"云云，即由此而出，并以"成仇"谐音嵌入"洪承畴"之姓名，斥责他恩将仇报，降敌为虎作伥，为后人所不齿。

此联最大特色是巧嵌忠奸二人之名，形成鲜明的对比，并以其人之道还治其人之身的手法，对洪承畴"忠节自命"加以嘲讽，构思奇巧，大快人心。

讽岳飞墓秦桧夫妇跪像

阮 元

咳！仆本丧心，有贤妻何至若是；
唉！妇虽长舌，非老贼不到今朝。

◆ **注 释**

阮元（1764—1849年）：字伯元，号芸台，江苏仪征人。
清乾隆五十四年（1789年）进士，历任户、兵、工部侍郎，
著名学者，主编《经籍籑诂》、校勘《十三经注疏》，著有《揅
（yán）经室集》等，并以楹联名世。据《清稗类钞》载，此
联是阮元官居杭州时，熔铸秦桧及其妻王氏的跪像于岳飞墓
前，即兴戏撰。

解 析

上联以"咳"叹息口气，责怪其妻王氏不贤，参与策划杀害岳
家父子，从而使自己成为千古罪人。

下联以桧妻王氏之"唉"责骂秦桧，意谓我只是"妇随夫唱"
而已，今日长跪岳坟前遭万人唾骂的可悲处境，完全是由老贼秦桧
你一手造成。

此联运思非凡，写法别致，故意把斥责奸佞之意借奸佞夫妇追悔互诟对话来表达。人们读此两奸对骂，既觉得可笑，又觉得可恨，同时觉得可悲又可耻。匠心独运，此联当之。

题岳飞墓秦桧跪像

秦涧泉

人从宋后羞名桧；
我到坟前愧姓秦。

◆ 注　释

　　秦涧泉（1715—1777 年）：名大士，字鲁一，号涧泉，江苏江宁（今南京）人，清乾隆十七年（1752 年）状元，官至侍讲学士，善诗工书。有《抹云楼集》《蓬莱山樵集》。相传，秦大士曾在杭州为官，友人知他为宋代权相秦桧的后裔，特邀同游西湖，并相偕瞻仰岳庙岳坟。其间有人故出难题，要他为岳坟前秦桧跪像作一联语，想看看这位风流倜傥的才子究竟如何着笔，秦大士也深知友人的用心，并无恼意，思忖片刻，吟出此联。

〖解　析〗

　　上联以他人立意，谓从宋而后，人皆以名桧为羞，可见人民群众对擅权误国、陷害忠良的奸佞秦桧的深恶痛绝。

　　下联以自我着笔，谓今到岳坟之前，作为秦氏后裔，见先祖跪地遭人唾骂，不禁油然而生"愧姓秦"的感慨。既有自惭之情，又有自解之意，切时切地，切人切情。

此联最大特点是，从民族大义立场出发，敢于面对历史事实，指名道姓，评骘祖先；又能自我解剖，以"愧姓秦"直抒胸臆，既以嘲，亦以解，可谓构思奇巧，立意别致。

从联法上看，嵌"秦桧"二字于联末，并将其颠倒，寓意甚深；对仗工整，炼字精确，无瑕疵可求。

题岳飞墓

松江女史

青山有幸埋忠骨；
白铁无辜铸佞臣。

◆ **注　释**

松江女史：姓徐，上海人，其名字、生平事迹不详。"女史"是旧时对女知识分子的尊称。此联是她为杭州西湖岳墓而题写。岳墓阙下有 4 个铁铸人像，反剪双手，面墓而跪，即陷害岳飞的秦桧、秦妻王氏、张俊、万俟卨 4 人。

解　析

上联颂忠臣岳飞。

"青山"，指岳墓所在的西湖畔栖霞岭。巍峨庄严的岳庙和古柏森郁的岳墓为栖霞岭增光添色，魅力常存，故谓"青山有幸"。这就反衬出"忠骨"的可贵。

下联斥奸佞秦桧等。

"白铁"，清白之铁。"无辜"，无罪。清白之铁用于铸造奸佞像，整日遭人唾骂，实属无辜。这就反衬出佞臣的可恶。

"佞臣"，善以巧言献媚之奸臣。

此联构思奇巧，忠骨所埋之青山，说是"有幸"；而铸造佞臣之白铁，说是"无辜"，用语幽默，对比强烈，对仗精工巧妙，淋漓尽致地抒发了爱憎分明的感情。

一八九八年春联

翁同龢

老骥思千里；
鹪鹩足一枝。

◆ 注 释

翁同龢（1830—1904 年）：字声甫，号叔平，晚号松禅，江苏常熟人。清咸丰六年（1856 年）状元，曾任刑部、工部、户部尚书，军机大臣兼总理各国事务衙门大臣，为光绪帝师，每用忧民勤政劝导皇上。被康有为誉为"中国维新第一导师"。有《瓶庐诗文稿》。

解 析

上联抒发作者老当益壮的心志。

"老骥"，年老的骏马。语出曹操诗《步出夏门行·龟虽寿》："老骥伏枥，志在千里。烈士暮年，壮心不已。"后常以喻有志之士，虽年老而仍有雄心壮志。

写此联时，作者已年近古稀，可谓"老骥"。但他深知"非变法不足以图存"，"望治心极"，频繁与维新志士接触，引导和支持光绪帝发动维新变法。"思千里"，正是此心志的体现。

下联表明作者对个人前途的无所奢望和企求的心情。

"鹪鹩"，一种小鸟，形微处卑，巢于苇苕，系之以发，巢甚精密。语出《庄子·逍遥游》："鹪鹩巢于深林，不过一枝。"因用以比喻易于自足，欲望不高，表明自己积极支持变法维新，目的在于除弊图强，而对于个人进退并无过高要求。

此联写于光绪二十四年春，即 1898 年的"戊戌变法"之春。1898 年为农历戊戌年，当年以康有为为首的维新人士以保国、保种、保教为宗旨，倡设保国会于北京，光绪帝接受变法主张，从 6 月 9 日开始陆续颁发维新法令，推行新政。但以慈禧太后为首的守旧派操纵军政实权，坚决反对变法维新，于 9 月 21 日发动政变，结果是光绪帝被幽禁，谭嗣同等六君子被杀，康有为、梁启超逃亡日本，支持光绪变法的翁同龢也被革职，变法运动失败。

写此春联时距变法失败、翁氏被革职不足 5 个月，可见作者在联中所引两个典故用意极为深邃，十分契合作者当时的身份和心情。

全联虽只有 10 字，且采用承袭和点化前人之语而成，但内容丰富，得法且得体，字字千钧，堪称一绝。

杂缀巧构

褒荣笞奸

199